光文社文庫

文庫書下ろし

C
しおさい楽器店ストーリー

喜多嶋 隆

光 文 社

この作品は光文社文庫のために書下ろされました。

『C　しおさい楽器店ストーリー』目　次

1　リサは、食いしん坊　7
2　シナボンが6時にやって来る　19
3　私の舌は、ごまかせない　32
4　そのフェンダーは、恐れ多くて……　43
5　近くの海でとれた娘　54
6　あの日、クリスマス・ソングが流れていた　65
7　18歳のカルテ　76
8　Gコード、お前ならどう弾く　86
9　彼女は〈Yesterday《イエスタデイ》〉を聴いていた　96
10　ドーパミンおじさん　107

11 今日のビートルズは、少し音痴 118
12 マンハッタンを川は流れる 130
13 タイガースも知らないのか 141
14 孤立感 152
15 天使たちが住む町 162
16 父と一緒に釣りをしていたあの頃…… 173
17 僕らの前には、ワインディング・ロード 184
18 デベソでロックンロール 195
19 Cが弾けた 205
20 もしかして、朝帰り 215

21 ビーフカレー3500円って、おかしくないか？ 226
22 涼夏は、歌っているんじゃなくて 238
23 9月になれば君は 248
24 心は揺れて 259
25 何はなくとも、キャビアとシャンパン 270
26 明日が見えない 280
27 迷ったときは海を見に…… 291
28 めざすゴールは、あの水平線より遠い 301
29 愛は、機内持ち込み禁止 315
あとがき 322

1　リサは、食いしん坊

「おばさん、それはないんじゃない？」

僕は、かん高い声でわめいてるその女に言った。

「おばさん？」と相手。口を半開きにして僕を見た。

「だって、おじさんじゃないだろう？　なら、おばさんじゃないの？」と僕。

相手は、開いた口をパクパクとさせている。


♪


はじまりは、1週間前だった。

午後2時。〈しおさい楽器店〉のドアが開いた。海風とともに、一人の女の子が入ってきた。

女の子というのは、ちょっと違うかもしれない。彼女は、18歳か19歳ぐらいに見えた……。

彼女は、珍しそうに店内を見回しながら、こっちに近づいてきた。

CD整理の合間に、大福《だいふく》を食べていた涼夏《すずか》が、顔を上げた。僕も、ギター修理の手を止めて彼女を見た。

一見して、地元の娘《こ》とわかる。膝の上でカットしたジーンズ。葉山ではおなじみの店〈げんべい〉のTシャツを着ている。そして、足元はビーチサンダル……。

まだ4月なのに、顔も腕も脚も、ビスケットのような色に陽灼《ひや》けしていた。

「いらっしゃい」と涼夏。大福を手にしたまま言った。

「あの……」と彼女。かなり遠慮がちな口調で「カスタネット、あります？」と訊《き》いた。

「カスタネット？」僕が訊き返すと、彼女はうなずいた。

「そいつはちょっと……」と僕。うちは楽器店だけど、ギターやウクレレが主で、カスタネットなどは置いていない。

「やっぱり……」と彼女。ちょっと落胆した表情を見せた。そのときだった。

「あ……。哲《て》っちゃん、あそこなら?」と涼夏が僕に言った。

♪

「〈ドレミ楽器〉か……」と僕はつぶやいた。涼夏が、まだ大福を手にしたまま、
「あそこなら、あるかも」と言った。ドレミ楽器は、東京にある大手の楽器メーカー。
主に学校向けの楽器を作っている。
あれは、涼夏がまだ小学三年生だった8月……。その夏休みも、横浜の親元を離れて、
この葉山で、僕と父と一緒に過ごしていた。
二学期になると、小学校の鼓笛隊《こてきたい》に入るので、縦笛《たてぶえ》が必要になると涼夏が言ったのだ。
そこで、ドレミ楽器から縦笛を取り寄せた。安いものだけど、すぐに届けてくれた覚え
がある。
「そうだったな」僕はつぶやき、店の電話帳を開いた。ドレミ楽器にかける……。
すぐにつながった。
「カスタネット、もちろんありますよ」とドレミ楽器の担当者。僕はうなずく。彼女に
ふり返り、「いくつ?」と訊いた。彼女が、指を1本立てて見せた。

「1つだけど、届けてくれる？」と僕。「来週、葉山小学校に納品に行く予定なので、そのときに届けます」と担当者。

「よろしく」と言い、僕は電話を切った。彼女にふり向く。

「カスタネット、来週になるみたいだけど、届いたら連絡するよ。電話番号を教えてくれる？」

僕は、彼女にメモ用紙とボールペンを差し出した。彼女が、ゆっくりと書きはじめた……。

♪

「こいつは、まいったな……」僕は、つぶやいた。

翌週の水曜。ドレミ楽器の営業マンが、カスタネットを納品してくれた。そこで僕は、あの彼女が書いた電話番号のメモを見た。そこで、〈まいったな……〉とつぶやいていた。

その電話番号のメモは、ものすごく乱れた字だった。

「ぐちゃぐちゃだぜ……」また、僕はつぶやいた。涼夏が、そのメモに顔を近づけた。

鼻先5センチぐらいまで近づけている。強度の弱視なので、そうしないと見えないのだ。その涼夏も、口を半開き。

「ほんと、字がぐちゃぐちゃだ……」とつぶやいた。

携帯電話の番号、その数字の少なくとも3つが、7か9かわからない。最近、若い連中の字が下手になっているとあるコメンテーターが言っていた。それはともかく、ここまで読めないのも珍しいだろう。

このメモは、渡されてそのまま店の隅に置いてあり、ちゃんと見るのは初めてだった。

「まあ、当たって砕けろか……」僕は、スマートフォンをとる。わからないところは全部〈9〉にしてかけてみた。

3回のコール。そして、「近藤《こんどう》だ、どちらさん？」とドスのきいたおっさんの声。僕は、苦笑い。「失礼」と言って切った。涼夏を見た。

「あの子、名前を言ってたよな。確か、小沢《おざわ》とか……」と僕。記憶力のいい涼夏がうなずく。「小沢ナツキって言ってた」

小沢ナツキか……。特に変わった名前じゃない。自転車で帰っていったから地元の子には違いないが、その名前だけでは何の手がかりにもならない。

「さて、どうしたもんだ……。連絡がつかないな」僕がつぶやいたときだった。

「あ……」と涼夏がつぶやいた。


♪


「どうかしたか？」と僕。

「あの人、なんか食べ物の匂いがしてた」涼夏が言った。この子は、視力が弱い分、聴覚や記憶力は人並みはずれている。そして、匂いに対する感覚も……。

「食べ物の匂い？」

「そう……。あの人のTシャツから漂ってたと思う……」と涼夏。

「どんな食べ物？」と訊くと、「たとえば、出汁《だし》の匂いかな……」と涼夏が言った。出汁……。とはいっても、それを使う料理は多い。それだけでは、あまりヒントにならない。

「出汁を使う料理をしてて、カスタネットが必要って、たとえば保育園で仕事してるとか？」と涼夏が言ったけれど、僕は首をひねった。

あの小沢ナツキという子は、保育園で働いているという感じではなかった。人と話すのにあまり慣れていない印象だった……。

よく陽灼けした顔や腕は、たとえばサーファー……。

そこまで考えたときだった。店のドアが開き、陽一郎《よういちろう》が入ってきた。陽一郎は、すぐそばの真名瀬《しんなせ》漁港で漁師をやってる家の息子。

僕のバンドではドラムスを担当している。

「よお」と陽一郎。「カサゴを獲《と》る網に間抜けなタコがかかった。1匹じゃ売り物にならないから、ビールの肴《さかな》にしよう」と言った。茹《ゆ》でたタコが入ってるらしいビニール袋をぶら下げている。そのときだった。

「あっ、それ！」と涼夏が声を上げた。僕も陽一郎も、涼夏を見た。


♪


「タコの匂い？」僕は涼夏に訊き返した。彼女はうなずく。「出汁と、あと茹でたタコの匂いがしてた。あの人のTシャツから……」と言った。

「タコか……」と僕。「出汁とタコだと……タコ焼き……」と涼夏がつぶやいた。

「葉山町内に、タコ焼きの店なんて、あったっけ？」と僕はつぶやいた。すると、

「ああ……そういえば最近できたって噂だな。漁師がはじめたタコ焼き屋が」と陽一郎。

僕らは彼を見た。

「鐙摺《あぶずり》漁港のそばで、3、4カ月前からやってるらしい」と陽一郎。僕と涼夏は、顔を見合わせた。

「とりあえず、行ってみるか」と僕。納品されたカスタネットと、車のキーを持つ。

「ちょっと店番しててくれ」と陽一郎に言った。

♪

車は、葉山のメインストリートを抜けていく。うちから鐙摺漁港までは、車だとせいぜい6、7分。僕は、ステアリングを握って、小沢ナツキという子の印象を思い浮かべていた。

身長は涼夏より5センチほど高い。160センチぐらいか……。やや細《ほ》っそりとしたスタイルだった。手脚《てあし》が長いのは、すぐにわかった。

髪は、ショートカット。少しくせっ毛でカールしている。

眉は濃いめ。顔立ちもややボーイッシュだが、カールした前髪が女の子っぽい。

ビスケットのような色に陽灼けした頰には、ソバカスがほんの少し散っていた。サーフィンやヨットで毎日のように海に出ている子、そんな感じだった。

やがて、レストラン〈ラ・マーレ〉の前を過ぎ、鐙摺の漁港……。

♪

「あ、タコ焼きの匂い……」車からおりた涼夏がつぶやいた。僕は車のドアをロックする。涼夏と、そっちに歩きはじめた。

漁港に接する道路。魚の直売所や、釣り船屋などが並んでいる。その一角にタコ焼き屋はあった。

漁師が使うほっ立て小屋の一部を改装して店をやっている、そんな感じだった。

いま、店の前には高校生らしい男の子が2人いる。タコ焼きが焼けるのを待っているらしい。

そして焼いているのはあの子、ナツキだった。真剣な顔でタコ焼きを突《つつ》きながら仕上げている。

僕らは、店に近づいていく。そのときだった。

「あっ！」というナツキの声。タコ焼きが1個、落ちた。プラスチックの容器に入れようとしたタコ焼きが、転がって前の道路に落ちてしまった。

そこへ、犬を連れた女がやってきた。小型犬を連れた中年女性だった。少し気取った、つばの広い帽子をかぶって犬を散歩させている。

その犬が、道路に落ちたタコ焼きに、素早く駆け寄る。飼い主がリードを引いて何か叫んだが、もう遅い。犬は、タコ焼きにかじりついていた。あっという間に、ハグハグと食べている。

「あんた！」とその女。ナツキを睨《にら》みつけた。

「なんて事してくれたのよ！　うちのリサちゃんが食べちゃったじゃない」とその女。

「リサちゃんがお腹《なか》こわしたらどうしてくれるのよ！」と、きんきんした高い声でわめいた。ナツキは、

「ごめんなさい！」と言い、固まってしまっている。

「ごめんなさいじゃすまないわよ！」とおばさん。そのとき、僕は声をかけた。

♪

「おばさん、それはないんじゃない？」と言った。

「おばさん？」と相手。「だって、おじさんじゃないだろう？　なら、おばさんじゃないの？」と僕。そのおばさんは、酸欠を起こしたように口をパクパクさせている。

「そのチワワが、勝手に拾《ひろ》い食いしただけじゃないか。しつけが悪いな」と言うと、おばさんの顔が、茹でたように赤くなった。

「リサちゃんは、チワワじゃないわ！　ポメラニアンよ！」とわめいた。

「そんな事どうでもいいけど、食い意地のはった犬が勝手に拾い食いしたのに、飼い主がそんなにキャンキャン吠えなくてもいいんじゃないか？」僕は言った。

おばさんは、真っ赤な顔で僕を睨みつけている……。やがて、

「……あ、あんた、確か、エレキ弾《ひ》いてる真名瀬の不良ね……」と言った。いまどきエレキで不良かよ……。僕は苦笑い。

「不良で悪かったね」と言い、わざと半歩近づいた。

おばさんの顔が引きつる。犬のリードを引く。まだタコ焼きに未練がありそうな〈リサちゃん〉をぐいぐい引っ張って足早に立ち去っていく……。僕は相変わらず苦笑いしたまま、その後ろ姿を見ていた。そのとき、

「哲っちゃん！」と涼夏の声。僕はふり向いて、〈やばい……〉とつぶやいた。

道路に駐《と》めてあるうちの車。そのすぐ後ろにミニパトが停まり、女性警官がおりてくるところだった。そこは、間違いなく駐車禁止の場所……。

僕は、片手に持っていたカスタネットを、ナツキに差し出し、

「ほら、これ」と言いながら渡した。涼夏と、駐めてある車に小走り……。

2　シナボンが6時にやって来る

「へえ、タコ焼き、女の子が焼いてたんだ」と陽一郎。缶ビールを開けた。

僕らは、楽器店の二階にあるダイニングキッチンで飲み食いをはじめていた。

「ああ、サーファーっぽい十代の子が焼いてたぜ」と僕。缶ビールに口をつけた。

「へえ……。じゃ、その子は漁師の娘なのかなあ……」と陽一郎。

葉山には2つの漁港がある。うちのすぐそばの真名瀬漁港。そして、2キロほど離れたところにある鐙摺漁港だ。

それぞれの漁港の船たちは、テリトリー、つまり縄張りをきっちりと決めて漁をしているようだ。なので、陽一郎も鐙摺漁港のことは、それほど詳しくないらしい。

「あ……哲っちゃん」と涼夏。カレーを食べながら、「そういえば、カスタネットのお金、もらうの忘れたね」と言った。

「そうだったな」と僕。さっきは、駐禁をとられそうだったから仕方ない。しかも、カスタネットは500円ぐらいのものだ。

「まあ、すぐに払いにくるだろう」僕は言った。ナツキはそういう子だと感じられた。

とはいえ、小さな疑問が心に残った。あのナツキがもし漁師の娘だとしたら、なぜカスタネットなどが必要なのか……。


♪


「あの……」という声。店のドアが少し開き、ナツキが顔を覗《のぞ》かせた。

彼女にカスタネットを渡した翌日。午後4時だった。

「きのうは、どうも……」とナツキ。小さな声で言った。僕はうなずき、微笑した。

彼女は、少しもじもじして、「あの、カスタネットのお金、いくら?……」と訊いた。

僕が「ああ、500円」と言うと、彼女は財布を出した。

かなり小さく、使い込んだ財布。それを開けた。まず、100円玉を4つ。そして、50円玉を2つ、取り出す……。財布の中には、大事そうに折りたたんだ千円札が2枚ほど入っているのが見えた。

彼女は、計500円を僕に渡した。そして、

「これ……」と言い、ビニール袋を僕に差し出した。僕は受け取った袋を覗いてみた。

プラスチックの容器に入ったタコ焼き……。

「ほんのお礼……。妹さんと食べて」とナツキ。カスタネットを届けてくれたことへのお礼らしい。

「あいつは、妹じゃなくて従妹《いとこ》なんだけど、とりあえずサンキュー」僕は言い、笑顔を見せた。

ナツキは腕も脚も落ち着いた色に陽灼けしている。

今日もTシャツに、膝上で切ったジーンズ。足元はビーチサンダルだった。

Tシャツは、かなり着こんだらしく、襟もとがのびている。陽灼けした鎖骨が覗いている。青いビーチサンダルは、かなり底がすり減ってしまっている……。

あのタコ焼き屋は、細々とやっている感じだった。経済的には、あまり楽でないのかもしれない。

そして、最初に感じた通り、あまり人と話す、あるいは男と話すのに慣れていない印

象だった。全体に不器用さを感じさせる子だった。

顔はノーメイク。リップクリームさえつけていないようだ。それもあり、〈若い女〉というより、まだ〈少女〉という言葉の方が似合う雰囲気が漂っている。

彼女がもじもじしていると、店の電話が鳴りはじめた。涼夏はいま、親友のタマちゃんと近所のカフェにいっているので、僕は電話に……。

「じゃ、タコ焼き、ありがとう」とナツキに言い電話に出る。なじみの客から、ギター修理の依頼だった。


♪


「ん?……」僕は、つぶやいた。3分ほど話して電話を切ったところだった。

店の窓の外。ナツキが、何かを見ている。どうやら、店のわきに駐めてある車を見ているらしい。僕は、店のドアを開けて出た。ナツキは、やはり駐めてあるうちのワンボックス・カーをじっと見ていた。

「この車が、どうかした?」僕は彼女に声をかけた。彼女が、僕にふり向いた。

「あの……。こういう車って、いくらぐらいで借りられるの？」と訊いた。

「レンタカーって事か……」と僕。「あまり借りたことがないから、よくわからないなあ」と言いナツキを見た。

「車が必要なのか？」と訊いた。彼女は、しばらく黙っていた。そして、ぼつりぼつりと話しはじめた。あるイベントでタコ焼き屋を出さないかと言われているという。

「どこで？」

「横須賀《よこすか》で。1日だけのイベントなんだけど……」とナツキ。

もうすぐ、ゴールデン・ウイークがやってくる。連休の初日。横須賀に新しくオープンする大きなショッピング・モールで、オープニングのイベントがあるという。

「そこでタコ焼き屋を？」と僕。ナツキはうなずいた。

「でも、そのためには荷物を運ぶ車が必要で……」と言った。

「横須賀のショッピング・モール……」と僕はつぶやいた。そのモールの名前をナツキに訊いた。彼女が答え、僕は「やっぱりそうか……」とつぶやいた。

「もしかしたら、おれもそのオープニング・イベントに行くかもしれないんだ」と言った。彼女が、少し驚いたような表情を浮かべた。

「まだ、はっきりしてないんだけど、もしかしたら、そのイベントで演奏するかもしれない」

「演奏……バンドの？」

「ああ、まだ何も決まってないんだけどね」と僕。「詳しいことがわかったら、連絡するよ」と言った。ナツキの携帯番号をあらためて聞いた。牧野哲也《まきのてつや》という自分の名前も教えた。


♪


「あ、これ、美味《おい》しい……」タコ焼きを口に入れた涼夏が言った。

その日の夕方。うちのダイニングキッチンだ。

今日も陽一郎がきて、ビールを飲んでいる。やつは、ますます口うるさくなる漁師の親父が煙たくて、うちに来るのだ。

「ほう、そんなに美味《うま》いのか……」と僕。ナツキが持ってきてくれたタコ焼きを1個、口に入れた。そして、「これは……悪くない」と言った。

出来の悪いタコ焼きは、ケチって、タコの刺身として売れない足の先っぽを入れることが多い。けれど、これは、刺身にできる部分を薄切りにして入れてある。しかも、カツオの出汁をたっぷりときかせた味つけもいい。よくできたタコ焼きだった。

「けど、仕上げはいまいちだな」と陽一郎が言った。

「確かに……」と僕。10個あるタコ焼きの半分ぐらいは、少しいびつな形をしている……。

「もしかしたら、あの子は、焼くのにまだ慣れてないのかもな……」と僕。

そして〈あまり手先が器用じゃないのかも……〉と、心の中でつぶやいていた。

ふと、思い返す……。あの読めないような携帯番号の文字……。そして、タコ焼きを道路に落としてしまった事などを、思い出していた。

それが、あとあと大きな意味を持つとは、考えてもみなかったけれど……。

「そういえば、シナボンが来るんだよな」と陽一郎。

「ああ、そうだ」僕は、時計を見た。午後6時。そろそろシナボンが来ることになっていた。

♪

「あ、シナボン……」と涼夏。「うちの前に車が止まった」と言った。

シナボンが乗っているのは、ヨーロッパ車のアウディ。エンジン音は静かだ。僕も陽一郎もそのエンジン音には気づかなかった。

が、眼の不自由な分、超がつくほど鋭敏な涼夏の耳が、アウディのエンジン音を聞き分けたらしい。言われてみれば、確かにかすかなエンジン音。やがて、その静かなエンジン音も消える。

30秒後。

「やあ」と言ってシナボンがダイニングに入ってきた。「涼《すず》ちゃん、これ」と言って、涼夏の好物である〈マーロウ〉のプリンを差し出した。涼夏の目が輝いた。

♪

シナボンのやつは、僕や陽一郎と中学・高校で同学年だった。そしてバンド仲間でもあった。

やつの名前は、品田雅行《しなだまさゆき》。

家は大きな医院を経営している。息子であるやつは、当然のようにお坊ちゃん。

苗字がシナダ、そしてお坊ちゃん、つまりボンボン。そこで僕らはやつを〈シナボン〉と呼んでいる。

それが、ハワイなどで人気のシナモンロールである事は、もちろん知っている。

僕、陽一郎、ベースの武史《たけし》、そしてシナボンは中学時代にバンドをはじめた。シナボンの担当は、ギター。コードを弾くサイドギターだった。

その頃の僕らは、ビートルズ、ローリング・ストーンズはじめ、さまざまな曲を片っ端からやっていた。それなりに楽しかった……。

やがて、高校一年から二年になろうとする頃、バンドに転機が訪れた。

僕、陽一郎、武史の3人は、プロを目指す決心をしはじめていた。とにかく、音楽を仕事にしたいと……。

けれど、シナボンだけは違っていた。ギターの腕はそこそこだけれど、プロを目指す自信はないようだった。そして何より、シナボンは長男。親父さんがやっている外科と整形外科の医院を引き継《つ》ぐ道が用意されていた。

あれは、高校二年の秋だった。僕とシナボンは、森戸《もりと》海岸を歩いていた。すでに海水浴客の姿はなく、砂浜はガランとしていた。

「……そろそろ、バンドから抜けるよ」とシナボンが言った。予想していたので、僕はただ、

「そうか……プロを目指すのはやめか……」と言ってうなずいた。そして、「ギターも歌も、そこそこ上手いのに……」とつぶやいた。まんざら嘘《うそ》でもない。すると、シナボンは足を止め海を眺めた。微笑し、

「そんな事、言ってくれなくていいよ」ぽつりと口を開いた。「ギターでプロを目指すって、お前ぐらい弾けるやつが口にしていい事なんだよ」シナボンは僕に言った。淡々とした口調の中に、ほんの少し寂しさも感じさせた。

僕は無言で、藍色《あいいろ》が濃くなっていく秋の海を見つめた。シナボンが、もう医大に進むための準備をしている事は勘づいていた……。

「まあ、名医になれよ」と僕。シナボンは苦笑い。

「親父みたいに稼げる医者になるさ……」と少し皮肉っぽい口調で言った。

やつの親父さんが横須賀で開業してる外科・整形外科の医院が大繁盛しているのは、葉山でもよく知られていたからだ。

僕らは、他愛ない事をしゃべりながら、秋の海を見つめていた。風が、ひんやりとし

はじめていた……。

♪

シナボンは、予定通り東京の医大に進学した。それなりに勉強をし、大学生活を楽しんでいるようだ。

家が葉山町内なので、ときどき、うちの楽器店に遊びに来る。僕らがスタジオで演奏していると、ひょっこりギターを持って顔を出す事もある。人生のコースは違っても、元バンド仲間である事に違いはない。22歳になったいまも、僕らとシナボンは冗談を言い合える仲だ。

♪

「で、横須賀のイベントがどうのって話は？」と陽一郎。缶ビールを手に、シナボンに訊いた。

「そうそう……。哲也《てつ》には電話でちょっと話したんだけど、ほら基地《ベース》の近くにでかいショッピング・モールが出来るのは知ってるだろう？」

とシナボン。僕らはうなずいた。

「たまたま、うちの親父がロータリー・クラブの役員をやっててさ」とシナボン。有名な医院の経営者である親父さんが、会社経営者などによる慈善団体、ロータリー・クラブの役員……。それはあり得るだろう。

「それで、かなりわかった」と陽一郎。「そのショッピング・モールのオープニング・イベントに、ロータリー・クラブが関係してるんだな」と言った。

「そうなんだ」とシナボン。ロータリー・クラブのボランティア活動として、オープニング・イベントに協力する事になったという。

「自分たちだけ稼いでいるんじゃ後ろめたいんで、ボランティア活動をするわけか……」と僕は言った。

「まあ、そういう事だな」とシナボンは苦笑い。「横須賀の市民と米軍の交流もかねてという事でね……」と言った。

「それで、親父さんからお前に話がきた。イベントに出るバンドを手配しろと……」と陽一郎。シナボンは、素直にうなずいた。

♪

「高校生のバンド?」と陽一郎。「おれたちに、高校生のバンドと一緒にやれと?」とシナボンに訊いた。

3　私の舌は、ごまかせない

そのイベントにどんなバンドが出るかを、シナボンが説明しているところだった。

「とりあえず、米軍の連中がやってるジャズ・バンドが3組」とシナボン。そして、

「で、地元の高校生がやってるロック・バンドも出る予定なんだ。横須賀市にも気を遣ってさ……」と言った。

「おれたちが、高校生のバンドと一緒にやる？」と陽一郎。確かに、僕らはすでにCDを出しているバンドだ。言ってみれば、アマチュアではない。

「その……別に共演するってわけじゃなく、たまたま同じステージでやるって事で……」とシナボン。〈ちょっとまずいかな……〉という表情。陽一郎が、僕を見た。僕は、しばらく考える……。そして、

「別に、いいんじゃないか？」と言った。陽一郎が、かなり驚いた顔で僕を見た。

♪


「おれたちも、高校生になった頃には、けっこうハードルの高い曲にトライしてたじゃないか」と僕。

「いまどきの高校生が、どんな曲をやるのか、見てやろうじゃないか」と言った。そして、シナボンを見た。

「それはいいが、おれたちだけ働かせるわけじゃないだろうな」と言った。

「って言うと？」シナボンが僕を見た。

「お前が歌うんだよ。おれたちが適当にバッキングしてやるからさ」僕はシナボンに言った。

中学でバンドをはじめた頃、シナボンはよく歌っていたものだ。ギターでコードを弾きながら、ビートルズやストーンズの曲を歌っていたものだ。

その年頃だから、女の子にもてたかったからだろう。が、アマチュアとしては、ギターも歌もまずまずだった。

「しかし、まだ歌詞を覚えてるかなあ……」とシナボン。僕は、微笑し、

「大丈夫さ。十代のあの頃、好きだった女の子の顔は、まだ忘れてないだろう？」と言った。しばらく考えていたシナボンも、陽一郎も、かすかにうなずいた……。


♪


「お前、少し変わったな」と陽一郎。缶ビールを手にして僕に言った。シナボンが帰って行った5分後だった。

「たとえば3年前、CDを出したあとの19歳のお前なら、高校生のバンドと同じステージに上がるなんて、あり得なかったんじゃないか？」

「かもな……」と僕。

「大人になったって感じじゃないが、なんか以前とは違うな」

「まあ、少しは成長したって事か？」僕は苦笑しながら言った。

そして、胸の中で、つぶやいていた。確かに、自分が変わってきているのはわかる。

その理由は、やはり涼夏だと思う。眼に障害がある涼夏に、出来る限りの愛情を注ぎ、大切に見守ってきたこの2年半……。

その月日が、自分の心に、温かみと奥行きを持たせたのかもしれない。そんな事をふと思った。

当の涼夏は、無邪気な表情……。シナボンが持ってきてくれたプリンを食べている。

リビングのCDプレーヤーから、ビー・ジーズの〈First Of May《ファースト・オブ・メイ》〉が低く流れていた。

♪

休みか……。僕はつぶやいた。

午後4時。鐙摺の漁港。ナツキのタコ焼き屋に来たところだった。

ところが、店は開いていない。〈タコ焼き・小沢丸〉という粗末な看板に、遅い午後の陽が当たっている。

僕は、あたりを見回した。すぐそばに釣り船屋がある。一人のおじさんが、釣り客に貸したらしい竿《さお》を洗っている。僕は、そばのタコ焼き屋を指差し、

「そこは休み？」と訊いた。

「ああ、ナッちゃんなら、タコツボを上げに行ってるよ」と、おじさんがいった。僕はうなずき、漁港の岸壁に歩いていく。

4月とは思えない眩《まばゆ》い陽射しが、港の海面に照り返していた。

やがて、小さな漁船が港に入ってくるのが見えた。一人で操船しているのはナツキだった。上手に船外機を操作している……。

漁港は、岸壁に近づいてきた。操船しているナツキが、僕に気づいた。僕は、片手を上げて見せた。着岸する船の舫《もや》いロープを、彼女から受け取った。


♪


「あなたも、横須賀のイベントに?」とナツキが訊き返した。

いま、彼女の船は岸壁に舫われている。3、4人も乗れば一杯になるぐらいの小船。かなり古びた船体には小さく〈小沢丸〉と描かれていた。その文字も消えかけている。

「ああ、おれたちのバンドも、頼まれて演奏する事になった」と僕は言った。そのため、横須賀にうちのワンボックス・カーで行く事も伝えた。

「タコ焼きの荷物は、どのくらい?」と僕。

「ええと……まず、タコ焼き器、それと小さめのプロパンガスのタンクかしら……。あとは、食材とかで、そんなにかさばらないと思う……」とナツキ。

「それなら、うちの車に積めるな……」僕は言った。

イベント会場のアンプやPAは、主催者が用意するという。なので、僕らが持っていくもので、かさばるのはドラムセットぐらいだ。

そうなると、車には、かなりのスペースがある。タコ焼きの荷物は楽々積めるだろう。

僕はその事を説明した。

「やっかいじゃない？」

「いや、どうって事ないよ」

「ありがとう。助かるわ……」と彼女。タオルで頬をぬぐった。その陽灼けした腕も顔も汗でびっしょりと濡れていた。ゆるくカールした前髪は、額にへばりついている。


♪


「甘く見てもらっちゃ困る。そんじょそこらの観光客は騙《だま》せても、私の舌はごまかせない」

という声が響いた。午後3時。葉山町内にある鮮魚店〈魚竹《うおたけ》〉。その店先だ。

サザエを買いにきた僕と涼夏は、その客の後ろに近づいていく……。

「別に、ごまかしたわけじゃなくて」と魚竹のおばさん。

「だが、私が養殖の鯛《たい》など食わないのは知ってるはずだ」とその客。僕は、吹き出しそうになりながら、その客の背中に声をかけた。

「爺《じい》さん、あまりカッカすると、脳の血管が切れるぜ」と言った。ふり向いたのは、あの梶谷匠《かじたにたくみ》だった。

「なんだ、ギター少年か」と匠。

「少年はよけいだね。そんなうるさい事言うなら、鯛ぐらい自分で釣ったらどうだ」僕は言った。匠は、むっとしている……。そのとき、

「久美《くみ》ちゃんは、今日も部活？」と涼夏が言った。

「あ、ああ……。楽しそうにやってるよ」と匠。その表情が柔らいだ。匠の孫娘、久美はこの春に中学生になった。学校では、バレー部に入ったらしい。

しばらく話していた匠は、

「しょうがないな……。じゃ、アジの刺身を5時半に届けてくれ」と魚竹のおばさんに言い立ち去っていった。

♪

「相変わらず、わがままな爺さんだ……」僕は苦笑しながら言った。魚竹のおばさんも、苦笑い。

「あの人が、天然の真鯛が好きなのはよく知ってるけど、最近じゃ天然物が手に入らなくてね……」

「で、養殖物を届けたら、爺さんはヘソを曲げたのか」と言うと、おばさんはうなずいた。

「ついこの前までは、葉山に腕のいい漁師さんがいて、よく手釣りで獲った天然物の真鯛を届けてくれたんだけどね……。それも3キロとか4キロとか、いいサイズの真鯛を……」

「へえ、葉山にそんな腕のいい漁師がいるのか……」僕は、つぶやいた。葉山での漁は基本的に網を使うものが多い。手釣りは珍しいはずだが……。

「そうなんだけど……鐙摺に凄腕《すごうで》の漁師さんがいてね」

「鐙摺……」

「そう。小沢丸って言ってね」とおばさん。〈小沢丸……〉僕は、胸の中でつぶやいた。

「でも、その小沢丸さんが手釣りをやめちゃったもんで、天然の真鯛はまず手に入らないのよ」

「漁をやめた……」と僕。「そう、まあいろいろとあってね……」と、おばさん。それ以上は何も言わなかった。

♪

「なんか、ちょっと変だったね、おばさんの口調……」と涼夏がつぶやいた。僕らは、おばさんからサザエを買い、店に帰るところだった。

「確かに……」と僕。涼夏は、眼が悪い分、人の言葉からその気持ちを読み取る力も、ずば抜けている。

「なんか、あるみたい……」と涼夏。僕も、うなずいた。あのナツキの小沢丸について、言えない、あるいはあまり言いたくない事情があるようだった。

凄腕の鯛釣り漁師だという小沢丸。けれど、いまは漁をやめてしまっている。そして、ナツキがいわば細々とタコ焼き屋をやっている。そこには、どんな理由があるのか……。

ぶら下げたビニール袋の中で、サザエがカサコソと音を立てている。やがて、うちの店が、近づいてきた。

♪

6日後。イベント当日。午前11時。

「これでオーケー」と僕。陽一郎と一緒に、ドラム・セットを車に積み込んだところだった。

太鼓類は、SONOR《ソナー》、シンバルは、SABIAN《セイビアン》のセッティングだ。

助手席に涼夏が乗り、リアシートには陽一郎が乗り込んだ。僕は、車のギアを入れた。

5分ほどで、鐙摺漁港に着いた。タコ焼き屋の前では、ナツキが待っていた。相変わらず、Tシャツにカットオフ・ジーンズ、すり減ったビーチサンダルを履いている。

タコ焼き器や、プロパンガスのタンクがそばにある。食材が入ってるらしいプラスチック・ケースもあった。たいした荷物ではない。

僕は、ナツキを陽一郎に紹介する。皆でタコ焼き屋の荷物を車に積み込んだ。

「よろしくお願いします」と言いながら、ナツキが車に乗り込んできた。僕は、車のギアを入れようとした。

そして、ふと気づいた。陽一郎が、なぜかナツキの横顔をじっと見ている。なぜか……。

♪

「つぎはB、よろしく」僕はギターの2弦をチューニングしながら涼夏に言った。彼女は、耳を、澄ましている。「少し低いかな……」と言った。

4　そのフェンダーは、恐れ多くて……

横須賀。イベント会場の片隅だ。

僕は、ギターのチューニングをしていた。フェンダーのストラトキャスター。59年モデル。それをアンプにつなぎ小さ目に音を出しながらチューニングしていた。

涼夏には、絶対音感があり、それは、へたなチューニング・メーターより正確だったりする。

「まだ少しだけ低いみたい、半音の四分の一ぐらい……」と涼夏。僕は、うなずく。2弦のペグを微妙に動かしていく……。

そうしながら、会場を見渡していた。

五階建ての新しいショッピング・モール。その前にある広場で、イベントの準備が進んでいた。

仮設のステージは意外にちゃんとセッティングされていた。アンプもPAも、それなりのものが用意されている。

そんなステージの前の広いスペースにイスとテーブルが並んでいる。周囲には、いろいろな食べ物屋が並んでいる。

いま流行《はや》りのキッチン・カーも何台か……。ホットドッグ。タコスなどなど……。

さらに、焼き鳥、かき氷などもある。そんな片隅で、ナツキがタコ焼きの準備をしていた。

♪

「よお」と言い、ベースの武史がギグバッグをかついでやってきた。

「シナボンは？」と武史。「その辺にいるんじゃないか？」

僕がそう言った30秒後、シナボンが顔を見せた。片手にギター・ケースを持ち、美由《みゆ》紀《き》を連れている。

美由紀は、シナボンの彼女。この1年半ほどつき合っている。東京にある大妻《おおつま》女子大の二年生だ。彼女の親も医者だという。美由紀は、ラルフ・ローレンの白いポロシャツを着ている。僕らにいつもの明るい笑顔を見せた。

♪

E！　G！　A！

コードがPAから響いた。高校生のバンドが、演奏をはじめた。男の子4人のバンドだった。

ロック・バンドの定番曲、ディープ・パープルの〈Smoke On The Water《スモーク・オン・ザ・ウォーター》〉をやりはじめた。

僕らは、ビールやコークを片手にそれを聴いていた。

下手ではないが、上手いというほどでもない。いいところがあるとすれば、斜《しゃ》にかまえず、一生懸命にやっている事だろう。

「ガキども、なかなかやるじゃん」と陽一郎が微笑した。

彼らは、主にロックの定番曲をやっている。広場に集まりはじめた若い連中は、体でリズムをとっている。ホットドッグをかじりながらビールを飲んでる客もいる。

「あの子たちが、6曲やったら、つぎはおれたちだ」とシナボンが言った。

♪


やがて、高校生バンドがやっているJ《ジミ》・ヘンドリックスの曲が終わった。

観客たちから、そこそこの拍手。彼らは手を振りステージをおりる。すでに、陽一郎のドラムスはセッティングされている。

僕らは、ゆっくりとステージに……。高校生バンドの連中が、ステージのわきで僕らを見ている。

マイクの前にシナボンが立ち、全員を振り返って見た。準備は、オーケー。

僕とドラムスの陽一郎、そしてベースの武史は、目と目で〈じゃ、いくか〉とアイ・コンタクト。

僕は、エフェクターのスイッチをスニーカーの先で踏む。スイッチ、ON。そして、勢い良く5弦をはじいた。ローリング・ストーンズの〈Satisfaction《サティスファクション》〉。そのイントロだ。すぐにドラムスとベースが入ってくる。

キーは、シナボンの声に合わせて移調してある。中高生の頃にやっていた、そのままだ。

やがて、イントロが終わる。シナボンが、テレキャスターを弾きながら歌いはじめた。僕とベースの武史は、顔を見合わせた。シナボンは、明らかに練習してきていた。声がよく出ている。

まあ、当然かもしれない。久しぶりに人前でやる。しかも、彼女を連れて来ているのだから……。

♪

〈サティスファクション〉が終わる。かなりの拍手と歓声……。ステージのそででは、涼夏も拍手をしている。

今回のセットリストは、ストーンズとE《エリック》・クラプトンの超メジャーな曲を並べていた。

すべて、中高生の頃にさんざんやったもの。こういうステージにはふさわしいだろう。

2曲目は、クラプトンの〈Layla《レイラ》〉。はじめると、観客の乗りが、さらによくなってきた。客の最前列、シナボンの彼女、美由紀も体でリズムをとっている。

手慣れた曲なので、僕は落ち着いてコードを弾きながらあたりを眺める……。

会場の片隅では、ナツキがタコ焼き屋の準備をしているのがちらりと見えた。

♪

僕らは7曲をやり、ステージをおりた。そのとき、僕の背中に声がかかった。振り向くと、高校生バンドの1人がいた。リードギターを弾いていた少年だった。

「あの……」という声。

「あの、牧野哲也さんですよね」とその子。僕は、うなずいた。

「……あの……CD、持ってます」と彼。「あ、そうなんだ。ありがとう」僕は微笑してうなずいた。

少年は、僕が手にしているストラトをじっと見ている……。

その理由は、すぐにわかった。彼が弾いていたのはストラト・タイプ、フェンダーのストラトキャスターそっくりに出来ているギターだった。

けれど、それはフェンダーを真似た国産メーカーのもの。中古なら、1、2万円で買えるだろう……。そんな少年にしてみると、本物のフェンダーは憧れのギターに違いない。

「弾いてみるかい？」僕は、ストラトを差し出し、彼に言った。けれど、少年は1歩後ずさり、

「いや、その……」と言った。たじろいでいる。恐れ多くてさわれない、というところだろうか……。

やがて、「ありがとうございます」と言い立ち去っていった。その後ろ姿を眺め、

「初々《ういうい》しいな。おれらにも、ああいう頃があった……」とそばにいた武史がつぶやいた。

そのときだった。

「あ、彼女のタコ焼き屋が、やばいぜ」と陽一郎が言った。

いま、会場では演奏がひと休み。ステージでは、つぎにやる米軍のジャズバンドのセッティングをしている。

客たちは、それぞれ周囲にある食べ物屋に行く。キッチン・カーや屋台の前に列を作っている。その中でも、ナツキのタコ焼き屋には、やたらに長い列が出来ている。

彼女が焼くスピードが遅いのか……。

♪

「大丈夫か？」と陽一郎。ナツキに声をかけた。

僕らは、楽器を置き彼女のタコ焼き屋に駆けつけたところだ。

どうやら、大丈夫ではないようだ。少し予想していた事だけど、ナツキが焼くスピードが遅いのだ。彼女は額に汗をうかべ、必死な表情で焼いている。

けれど、そのスピードは遅く、並んでいる客たちが、イライラしているのがわかる。

このままでは、まずい……。そのときだった。

「ちょっと貸して」とシナボンが言った。ナツキが使っている竹串に手をのばした。


♪


「こいつは、どうしたんだ……」と武史。

「アンビリーバブル……」と陽一郎。

「やるもんだ……」と僕がつぶやいた。

シナボンが、ナツキが使っていた金串を両手に持つ。そして、タコ焼きを突《つっ》きはじめたところだった。

片面が焼けたタコ焼きを、金串でひっくり返す。そして、タコ焼きを素早く回転させながら仕上げていく。見事な串さばきだった。

涼夏も、身をのり出し、口を半開きにしてそれを見ている。

「お前んち、医院じゃなくて、実はタコ焼き屋だったのか……」と武史。

やがて、陽一郎が、焼き上がったタコ焼きを発泡スチロールのトレイにのせた。待っている客に渡し、代金を受け取った。ナツキが、つぎの具材をタコ焼き器に流し込む。

「おれの家は、残念ながら外科と整形外科さ」シナボンは、2本の金串を手に言った。そして、

「外科医にとって大事な資質の一つは、手先の正確さと素早さなんだよ」とシナボン。

「たとえば大怪我で運びこまれた救急の患者に対処するには、ミリ単位で正確に動く手先と、同時に素早さが必要だ。それを考えたら、このタコ焼きなど簡単なものさ。まあ、そういう事で……」

と肩をすくめながら言った。なかば冗談とはいえ、そこそこの説得力があった。

「なるほど……。ヤブ医者になるための勉強も、役に立つ事があるんだな」と武史。

「ヤブはよけいだよ」とシナボン。苦笑しながら、手際よく、つぎのタコ焼きを焼き上げていく……。

「ソールドアウト！　完売！」と陽一郎が言った。2時間後。タコ焼きは、すべて売り切れていた。

♪


「あの……なんてお礼を言ったらいいか……」とナツキ。

「そんなの気にするなよ」とシナボン。「医大でやってるトレーニングが、少しは役立ってなにより」と言った。

僕らは、タコ焼き屋の前を離れる。近くにあるテーブルについた。

いま、ステージでは、米軍の連中によるピアノトリオが〈Misty《ミスティ》〉をやっている。僕らは、思い思いに飲み食いしはじめた。

武史が手にしているビールのプラスチック・カップに、涼夏が食べているかき氷のスプーンに、遅い午後の陽が光っている。

「そういえば……あの子、見かけた事があるな……」

とビール片手の陽一郎が言った。タコ焼き屋の片づけをやっているナツキを見ている。

陽一郎は、鐙摺でナツキを車に乗せたとき、じっと彼女の横顔を見ていた……。その事を僕は思い出していた。

「それは海の上とか?」僕は訊いた。「そうかもしれない。あの子が、漁をしている姿を見かけたのかな……」と陽一郎はつぶやいた。

そのとき、やはりナツキに視線を送っていたシナボンが、

「実は、おれも同じ事を思ってたんだ。あの子に、見覚えがあるみたいで……」と言った。みんなが、シナボンを見た……。

5　近くの海でとれた娘

「お前が、彼女に見覚えがある？」武史がシナボンに訊いた。いま、シナボンの彼女、美由紀はショッピング・モールで買い物をしている。

「うーん、見覚えがあるようなんだけど、それがどこだったか……」とシナボンはつぶやいた。

普通なら、〈彼女がいないからって、ほかの子にちょっかい出すなよ〉などと、僕らがからかう場面だ。

けれど、そんな雰囲気にはならなかった。

理由は、簡単だ。僕らが知る限り、シナボンがつき合った彼女は高校時代から3人。お坊ちゃんのシナボンらしく、どの娘も、お嬢さんタイプだった。ラルフ・ローレンやクレージュが似合う、そんな娘《こ》ばかりだった。典型はいまの彼女、美由紀だろう。

僕らは、それを知っているので、シナボンがいかにも漁師の娘という感じのナツキに興味を持つとは思えなかったのだ……。

みんな、米軍のピアノトリオを聴きながら、気楽にビールやコークを口に運んでいた。

ふと見れば、涼夏だけは、何か考えているようだ……。かき氷のスプーンを手にして、何かじっと考えている……。

少しうつむいたその横顔……。長いまつ毛に夕方の陽射しが光っている……。


♪


「なんか、入ってるかなぁ……」と涼夏。はずんだ声で言った。

3日後。朝の8時。僕らは、カニ籠《かご》を上げに行こうとしていた。

カニ籠は、漁の道具。いまでは、漁師がタコツボとしてよく使っている。四角いトランクのような形。ナイロンの網で出来ている。

その入口はあるが、タコや魚が入るとまず出られない。そんな仕掛けになっている。

その中に、何か餌を入れ、海底に沈めておくのだ。

僕らは、昨日の夕方、そのカニ籠を近くの港に仕掛けた。餌はシコイワシ。それを入れ、深さ3メートルほどのところに沈めておいたのだ。

ひと晩そのままにし、いま、それを上げようとしていた。

港に向かう涼夏の足取りがはずんでいる。あのイベントからこの一日二日、何か考え事をしているようだったけれど、いまは明るい表情だ。

やがて、港の岩壁に着いた。朝の潮風がまだひんやりとしている。そんな潮風に、カモメが3、4羽漂っている。

カニ籠に繋《つな》いである細いロープは、岩壁の係留柱《ビット》に結びつけてある。

僕は、その細いロープをつかむ。たぐりはじめた。籠が、水中をゆっくりと上がってくる……。

「カサゴ、アナゴ、カサゴ、アナゴ……」と涼夏がつぶやいている。ひと晩かけておいたカニ籠に入るのは、夜行性の魚たち。カサゴやアナゴはその典型で、いい獲物だ。

ロープを引いていると、重さを感じる……。

「どう?」と涼夏。「なんか、入ってるな……」と僕はつぶやいた。やがて、籠が水面に上がってきた。それを見た僕は、

「ダメだ。ゴンズイばっか」と言った。籠の中には、20センチほどのゴンズイが10匹ほど入っていた。魚体の周囲に毒針がある魚だ。

僕は、針に触らないように注意しながら、籠からゴンズイを海面に放していく……。

そのときだった。

「あ……」と涼夏が口を開いた。

「どうした？」と僕。ゴンズイを全部海に放したところだった。

「ちょっと待って……」と涼夏。何か、考えを整理しているようだ……。

♪

その10分後。僕と涼夏は、岩壁に腰かけていた。ビーチサンダルを履いた足をブラブラさせて……。

「ほら哲っちゃん、わたし、ゴンズイにやられたでしょう？」

と涼夏。僕は、うなずいた。あれは、去年だ。僕と涼夏は、この港で小物釣りをしていた。

涼夏の仕掛けに魚がかかり、それを釣り上げた。けれど、それはゴンズイだった。視力の弱い涼夏は、ゴンズイとはわからず、それを右手でつかんでしまった。

僕が「触るな！」と叫んだのも間に合わなかったあの瞬間……。

涼夏の手にはゴンズイの針が刺さり、すぐに腫れはじめた。急いで医者に連れて行き、手当をしてもらった。

けれど、それから4日間、涼夏の右手には、包帯が巻かれていた。

「あのとき、つくづく思った……。片手が使えないって、想像してるより不便」と涼夏。

「特に利《き》き手の右手が使えないって、どうしようもなく大変……」と言った。確かに……。

「あのときは、飯を食わせてやったっけな……」と僕はつぶやいた。

右利きの人間は、左手では箸《はし》は使いづらい。もともとあまり器用ではない涼夏は、左手では箸はもちろんスプーンも上手《うま》く使えないようだった。

そこで、3、4日の間、僕が涼夏に飯を食べさせていた。それを思い出していた。

「ご飯だけじゃなくて、字を書くのも大変だった……」

と涼夏。うちの楽器店では、中古のCDも引き取っている。それを整理する作業は涼夏がやっている。

「整理したCDを段ボール箱に入れて、その箱にサインペンで〈ロック系〉とか大きな字を書くのも、左手だと大変だった……」と涼夏。「それで、あのナツキさんの事が頭に浮かんだんだ……」と言った。

♪

「彼女の事が……」僕は訊き返した。

水面を、稚魚の群れが泳いでいる。涼夏は、それを見ながらうなずいた。

「ほら、ナツキさん、すごく乱れた字で自分の電話番号を書いたじゃない？　あれって、いくら何でもおかしいなと思った」と涼夏。「あと、タコ焼きを道に落としちゃったり、この前のイベントでも焼くのに苦労してたみたいだし……」と言った。

「じゃあ……」と僕。

「これは想像だけど、ナツキさん、なんかの理由で手先が不自由だったりしないのかなって心配になってた……」

涼夏が言った。あのイベントから、この一日二日、涼夏は何か考え込んでいるようだった。心配ごとがあるように……。

「気になってたそれが、いまゴンズイを見てはっきりとしてきたのか?」

「そう、自分がゴンズイにやられたときの不自由さを思い出して……」

涼夏がぽつりと言った。自分が眼に障害をかかえているのに、人の事を心配している……。この子らしい気持ちの優しさだった。

その話を聞きながら、僕も胸の中でうなずいていた。

確かに、ナツキはタコ焼きの作業に苦労していた。そこをシナボンが助けたのだが……。

しかも、自分の電話番号を書いた字は、ぐちゃぐちゃだった……。もし彼女の手先、あるいは指先が不自由だったら……。その可能性は、あるだろう。

「でも……あの子、確か右手で電話番号を書いてたけどな……」と僕。

「そっか……」と涼夏。

そのときだった。一艘の漁船が、港に入ってくるのが見えた。陽一郎の〈第七昭栄《しょうえい》丸《まる》〉だった。

船は、ゆっくりと岸壁に近づいてくる。乗っているのは、陽一郎と弟の昭次《しょうじ》だ。

「もしかしたら、あの船に謎をとくヒントが乗ってるかもしれないな……」と僕はつぶやいていた。

♪


「なんか入ってたか？」と陽一郎。僕らのそばにあるカニ籠を見て言った。

「ゴンズイの御一行様さ」僕は、苦笑しながら答えた。昭栄丸は、岸壁に着岸し、陽一郎がおりてきたところだった。

「ところで、ひとつ思い出してくれないか」と僕。「タコ焼きをやってるナツキの事で……」と言った。

「ああ、あの地物《じもの》の娘《こ》か」と陽一郎。僕は吹き出しかけた。

確かに、この近くの海でとれた魚は〈地物のアジ〉などとスーパーの売り場などで表示される。陽一郎が言った〈地物の娘〉のひとことは、やたら的をえていた……。

「そう、あの地物の娘を海の上で見たとか言ってたよな」と僕。「それ、もっと詳しく思い出せないか？」

「うーん……それが、いまいちで……」と陽一郎。首をひねった。そして、

「それなら、昭次の方がよく覚えてるかもしれない」と言った。ふり向き、船のデッキ

を洗っている弟の昭次に声をかけた。

もともと、陽一郎はなかば仕方なく漁をやっている。けれど、弟の昭次は、高校生ながら漁師の仕事に生きがいを感じているようだ。

「ども」と昭次。船から、岸壁に上がってきた。そして、涼夏を見るとちょっと頰を赤くした。昭次は1つ年下の涼夏の事が好きらしい……。

「あのさ、鐙摺の小沢丸って小型の漁船、知ってるか？」と陽一郎。ほんの2、3秒考え、昭次はうなずいた。

「ああ、少しは知ってる……。そこの娘が、鯛釣りの腕利きだっていう噂も……」と言った。僕らは、昭次を見た。

♪

「あれは、半年前。10月が終わる頃だった……」と昭次。「菜島《なじま》の沖、2海里《マイル》ぐらいのところをゆっくり走ってたとき見かけたよ」と言った。

「それが小沢丸か？」と陽一郎。昭次は、うなずいた。

「潮がよく澄んだ日だった。親父さんと娘らしい二人で漁をしてたよ」

「親父と娘？」と僕。

「ああ……。親父さんが船を風に立てて、娘らしい若い子が一本釣りをしてた」と昭次。

〈船を風に立てる〉とは、船が風に流されないように操船する事だ。

「女の子が釣りをしてた？」と陽一郎。

「ああ、あそこは鯛釣りのポイントだから、その子が噂の娘だと思う。まだ十代に見えたよ。脈釣りで狙ってたな……」

昭次が言った。〈脈釣り〉とは、竿もリールも使わない手釣り。テグス、つまり釣り糸を手先で操り、魚を釣るのだ。

「……で、その娘は、どっちの手でテグスを持ってた？」僕は、訊いた。昭次は、5、6秒、無言でいる……。そして、

「左手だった」はっきりと言った。僕らは、思わず昭次を見た。

「確かか？」

「ああ、間違いない。脈釣りをするベテランの漁師を何人か見た事があるけど、左手でテグスを握ってるのを初めて見たんで、よく覚えてるよ」と言った。

脈釣りでは、テグスをピンと張り、指先で魚が餌に食いつく当たりをとるのだ。

「じゃ、その娘は左利き?」と僕。昭次は、小さくうなずく。

「たぶん、そうだな……。脈釣りなら、まず利き手の指でテグスを握るから……」と言った。僕と涼夏は、顔を見合わせた。

ナツキが、左利きだった……。

6　あの日、クリスマス・ソングが流れていた

陽一郎たちと別れた1時間後。僕と涼夏は、真名瀬の砂浜にいた。

「あの〈魚竹〉のおばさんが言ってたよね、〈小沢丸〉が鯛釣りを得意にしてたって……」と涼夏。

「その鯛を釣ってたのって、実はナツキさんだったのね……」と言った。僕は、うなずいた。

「そうみたいだな……」若い娘が、鯛を手釣りで……。珍しい事だが、ないとは言えない。

「で……こういう事なのかな……」

僕はつぶやき、その辺に落ちていた小枝を手にとる。それを左手に持ち、砂浜に何か

書こうとした。

とりあえず、数字の〈9〉を書こうとした。けれど、上手くいかない……。僕はギタリストだ。演奏のとき左手を速く動かす事には慣れている。けれど、利き手でない左手で何かの文字を書くのは、かなり難しい……。

「彼女が書いた、ぐちゃぐちゃの電話番号の理由は、どうやらこれだな……」

「左利きのナツキさんが、その左手が使えなくて、無理に右手で電話番号を書いたのね……」と涼夏。

「たぶん……」と僕。やたらゆっくりと電話番号を書いていた姿を思い出していた。

「何かの理由で、彼女は利き手の左手がちゃんと動かなくなった……。そういう事らしいな」とつぶやいた。

ナツキの利き手である左手に、何かの障害が起きた……。そのため、鯛釣りが出来なくなって、いまは細々とタコ焼き屋をやっている……。

「……でも、どうしてだろう……」と涼夏。「もし、そのヒントを知ってるとしたら、やつだな」僕は言った。スマートフォンをポケットから出す。

シナボンにかけた。留守電になっている。「ドクター、急患《きゅうかん》だ。連絡よこせ」とメッセージを入れた。

♪

シナボンから電話がきたのは、午後4時過ぎだった。

「悪い悪い、美由紀と葉山カントリーでラウンドしてたんだ」とシナボン。
「ほう、ゴルフか。医大生は優雅なもんだな」
「ちゃかすなよ」
「貧乏人のひがみさ。ところで、後で来ないか？　新鮮なアジがあるぜ。ついでにちょっとした用事も……」
「悪くないな。ビールの一杯も飲みたいから、車を置いていくよ」シナボンは言った。

♪

「こいつは、美味そうだな。陽一郎の船の水揚げか……」とシナボン。アジの刺身に箸をのばして言った。やつは、ボンボンだけれど、同時に葉山育ちでもある。新鮮なアジなどには目がない。

「で、用事ってのは？」

「ほら、この前の横須賀のイベント。あの日、タコ焼き屋をやってたあの子……」

「ああ、確か、ナツキ……」とシナボン。彼女の名前を覚えているのが、僕には少し意外だった。涼夏も同じ思いだったらしく、シナボンの顔をじっと見ている……。

「で、あのときお前、彼女に見覚えがあるとか言ってたけど、どこで見かけたか思い出したか？」僕は、ビール片手に訊いた。

「ああ……。あれ以来、考えてるんだが、まだ思い出せなくて……」とシナボン。僕は、やつを見た。

「……もしかして、あの子を見かけたのって、親父さんの医院じゃないのか？」と訊いた。

ビールのグラスを運ぶシナボンの手が止まった。じっと、宙を見つめている。5秒……10秒……。やがて、「当たりだ……」と言った。

♪

「去年の12月？」僕は訊き返していた。

「ああ、あちこちでクリスマス・ソングが流れてたから、12月の中旬だったな」とシナボン。「あの日、用事があって横須賀の医院に行ったんだ。そこであの子を見かけたんだ」

「彼女は治療に？」

「そうらしい。待合室で見かけた。ほら、うちに来る患者は男のスポーツ選手が多いから、セーラー服の娘《こ》は、目立ってたな……」

「セーラー服？」

「ああ、冬だから紺のセーラー服を着てた」とシナボン。そこで僕を見た。「しかし、彼女がなぜうちの医院に来てたと思った？」と言った。

僕は、説明をはじめた。ナツキの利き手である左手に、何かトラブルが起きているようだと……。シナボンは、うなずいて聞いていた。

「確かに、あのタコ焼きを作る手つきは、不器用という程度をこえてたな……。利き手に何かトラブルがあるとすれば、うなずける」と言いビールをひと口。「整形外科であるうちの医院に来てたのも、それならわかるな」と言った。

♪


「カルテを?」僕はシナボンに訊いた。

「ああ、医院の電子データに入ってる彼女のカルテを見てみるよ」

「大丈夫なのか?」

「ノー・プロブレム。これでも、院長の息子だぜ。医院が休診の日に見てみるよ」

「無理にとは、言わないぜ」と僕。シナボンは、首を横に振った。そして、「気になるんだ」と言った。

「気になる……彼女が?」

「ああ……。あの日、うちの医院から帰って行く姿が、何か気になる……」

「帰って行く姿?」訊くとシナボンはうなずいた。

「セーラー服にコートを着て帰って行く姿を見かけたんだが、ひどく気落ちしたような表情だった……。それを、いまもよく覚えてるよ……」とシナボン。

「あれは寒い日で、小雪が降りはじめてた。そんな中、肩を落として帰っていく寂しげな後ろ姿は、なんだか忘れられない……」

とつぶやいた。開けっ放しにしてある窓から、海風が入ってくる。隅にあるミニ・コンポからは、渡辺貞夫《わたなべさだお》のアルト・サックスが低く流れていた。

♪

「原因は交通事故だ」シナボンからの話は、単刀直入だった。「ナツキの事か？」スマートフォンを手に、僕は訊き返した。

「ああ、端的に言うと、交通事故による手先の障害だ」とシナボン。〈カルテを見てみる〉と言った4日後。その昼過ぎだった。

「カルテのプリントアウトを持って、あとで行くよ。詳しくはそのとき」とシナボンが言った。

♪

「お風呂に入れて欲しい？」と涼夏。久美に訊き返した。

午後の4時半。僕と涼夏は、店の窓ガラスを拭いていた。

うちの前は、バス通り。そのすぐ向こうは真名瀬の海岸だ。店には海からの潮風がいつも吹きつけている。3日ぐらいで、窓ガラスが潮で曇ってしまうのだ。

今日も僕と涼夏は、窓ガラスを拭いていた。それが終わりかけたとき、あの梶谷匠と孫娘の久美がやってきた。

久美は、Tシャツ、ジーンズのスタイルだった。そして、〈ねえ、涼夏、お風呂に入れて〉と言った。

「お風呂?」と涼夏が訊くと、

「中指を、突き指しちゃって」と久美。包帯を巻いた右手を見せた。

「今日、バレー部の練習でやっちゃって……。包帯とれないんだ」と言った。

「突き指か……」と僕は、うなずいた。わざと、そばにいる匠を目でさし、

「お爺ちゃんにお風呂に入れてもらえばいいのに」と言ってみた。案の定、匠はむっとした表情……。

「わたしはいいんだけど、お爺ちゃんが恥ずかしがっちゃって」と久美。

涼夏が、吹き出しそうにしている……。久美は、いま中学一年。いくら相手が爺さんとはいえ、一緒に風呂に入る年ではないだろう……。

「もちろんいいわよ、お風呂に入れてあげる」と涼夏。これまでも、久美はよく涼夏と

うちの風呂に入っていた。

「で、突き指は大丈夫なの？」と涼夏。

「さっき保健の先生が包帯巻いてくれて、明日になったらお医者に行きなさいって……」

「お医者？」涼夏が訊くと、久美はうなずいた。

「横須賀に品田医院っていう大きな外科・整形外科があるから、そこで診《み》てもらったらどうかって……」と言った。そのときだった。

「それは、やめておいた方がいいと思うよ」という声。ふり向くと、シナボンが立っていた。

「やめておいた方が？」と久美。丸い目を、さらに丸くしている。

「ああ。女の子の突き指ぐらいじゃ、そう丁寧《ていねい》には診てくれない。最低限の処置だけされて終わりだよ」とシナボンが言った。

匠も久美も、不思議そうな表情でシナボンを見ている。

「君……その品田医院は、そういう整形外科なのか？」と匠が訊いた。シナボンは、うなずく。「院長の息子の僕が言うんだから、かなり確かだと……」とつぶやいた。

♪

「こっちに曲げると痛い？」とシナボン。久美の指に、包帯の上から触れている。まだ医大生とはいえ、なかなか慣《な》れた手つきだった。シナボンは、5分ほど久美の指を診ていた。そして、

「軽い突き指みたいだな……。近所の羽生《はぶ》外科で治療してもらえばいいよ」と言った。羽生は、葉山町内にある外科医院だ。

♪

「ほう……君が、品田医院の息子……。いささか不思議な縁《えん》だな……」ふと匠がつぶやいた。僕は、思わず匠を見ていた。

僕、シナボン、匠の3人は、店の前に置いたベンチでビールを飲みはじめていた。久美と涼夏は、もう風呂に入っている。

「あれは、もう6年ぐらい前かな……」と匠。彼の家具工房では、その頃、横須賀の品田医院から依頼されて、椅子を作ったという。

「なんでも、院長室に置くとかで、厳選したウォールナット材で作った記憶があるな……」と匠。シナボンがうなずいた。

「ああ、あの立派な椅子……」

「そう、値段は気にしないで作ってくれという事だった……。うちの工房で製作した椅子の中でも、最高級のものだった……」

匠が言った。関東では有名な匠の家具工房に、〈値段は気にしない〉などという依頼が出来るとは……。

「その頃すでに、うちの医院は儲かって仕方がない状況になってたから……」

シナボンがつぶやいた。その言葉の裏には、何かホロ苦さのようなものが感じられた……。

7　18歳のカルテ

「うちの医院にターニング・ポイントがきたのは、小学校三年の頃だったな……」とシナボン。缶ビールを手にしてつぶやいた。

僕は軽くうなずく。シナボンとは、同じ葉山の小学校に通っていたのだ。

「ああ……横須賀出身のJリーガーの一件だった……」と、僕は当時を思い出していた。

そのJリーガーは、2年連続でリーグの年間MVPに選ばれるほどのサッカー選手だった。ところが、ある試合中の接触プレーで、大怪我を負ってしまった。

「前十字靭帯《ぜんじゅうじじんたい》の断裂《だんれつ》……」とシナボン。

僕もうなずいた。子供の頃からサッカーが好きだったので、その事はよく覚えている。

そして、前十字靭帯の断裂が、サッカー選手にとって致命的な怪我だとも知っていた。

〈彼の選手生命も、もう終わりでは〉と、メディアも報道していたものだ。

「で……その選手は？」と匠が訊いた。

「彼がたまたま横須賀出身だったので、うちの医院に運び込まれた」とシナボン。

「うちの親父は、当時ドイツから取り寄せた最新鋭の医療機器を使い、その選手の治療とリハビリにあたって……」と、海を眺めてつぶやいた。

「それで？」と匠。

「親父はそこそこ腕のいい外科医だと言われていたし、その上、幸運にも恵まれて、選手の治療とリハビリは成功……」シナボンが言った。

選手は奇跡的な復活をとげ、1年後にはサッカーのピッチに立っていた。そして、翌年は再びリーグの年間MVPを獲得したのを、僕もよく覚えている。

「そして、親父さんの方は、名医という評判を獲得したという訳か……」と匠がつぶやいた。

「プロ・スポーツの世界は、広いようで狭いから、その噂はあっという間に広まっていた。シナボンは、軽くうなずいた。

……」と言った。

「どっと、プロのスポーツ選手たちが押し寄せたのか？」と匠。シナボンは、かすかに苦笑した。

サッカー、野球、そして相撲取りまで、怪我、故障をかかえたプロのスポーツ選手たちが、品田医院に治療やリハビリにやってくるようになった……。

まだ小学生だった当時のシナボンは、それをなかば自慢にしていた。あの有名なスポーツ選手や力士が治療にきたと、クラスの仲間たちに言っていた。

その年齢《とし》だから、仕方ないのだが……。

「で、いまにいたるまで、君の親父さんの医院は大繁盛というわけだな……」と匠。ビールをひと口。

そして、苦笑いしているシナボンの横顔をじっと見ている……。

「そんな、父親がやっている医院の現状に、君は何か違和感でもかかえているのかな？さっきの久美の突き指に対応した、あの様子を見ているとそう感じるのだが……」と匠は言った。

♪

もう夕方。ほとんど真横から射してくる陽射しが、ビールの缶に光っている。

前のバス通りに、オープンのロードスターが停まった。乗っているカップルが、夕陽の海を眺めている。

カーステレオから流れるC《クリス》・レアの〈On The Beach《オン・ザ・ビーチ》〉が、海風にのって漂ってくる……。

「……たとえば高額の契約金を得ているプロのスポーツ選手から、高い治療費をとるのは問題ないと思う。それに見合うだけの高度な治療やリハビリをするわけだから……」

とシナボンが口を開いた。

「だが……その陰で、高い治療費を払えない患者をおざなりにするのは、どうなんだろう……」と言った。僕は、シナボンを見た。

「品田医院が、そうだと?」と訊いた。

「残念ながら、現状はそうなっているかもしれない」とシナボン。ポケットから、たたんである紙を出した。A4のプリントアウト用紙……。それを開き、僕に差し出した。

♪

「これは、彼女の……」僕は、つぶやいた。

「そう。ナツキのカルテだよ」とシナボン。僕は、そのカルテに目を走らせる……。

〈初診日。12月17日〉

シナボンが医院でナツキを見かけた去年のその日、あちこちでクリスマス・ソングが流れていたという。……その記憶通りだ。

〈小沢ナツキ。18歳〉

「当時、高校三年か……」僕は、つぶやいた。住所は葉山。鐙摺漁港の近くらしい。

〈交通事故による頸椎捻挫《けいついねんざ》〉が担当医の所見……。

「事故で首筋を傷《いた》めたんだ。いわゆるムチウチの一種だな」とシナボン。

「担当医に直接訊いてみたが、彼女は頸椎を損傷して、利き手である左手の指がうまく動かなくなったという」

「動かなくなった？」

「指先の感覚が鈍くなった、指が細かく動かせなくなった……。頸椎の損傷ではかなり頻繁《ひんぱん》に起こる症状だよ。人の体は繊細なものだから……」シナボンは言った。

僕は、うなずく。さらにカルテを見る。

〈家業への影響〉とある。

「これも担当医に訊いてみると、彼女の家は漁業で生計を立てている。彼女もそれを手伝っていると言ったらしい」とシナボン。僕は、うなずく。

「ああ……。鐙摺の〈小沢丸〉っていう漁船だ……。手伝っているというより、彼女が主に漁をやってたらしい」

「あの子が漁を？」とシナボン。僕は説明する。ナツキが、鯛釣りの凄腕らしいと……。

「手釣りで、真鯛を仕留《しと》めていたようだ」と言った。

その瞬間、匠が僕の方を見たのがわかった。

「真鯛釣りか……」とシナボン。「じゃ……それが出来なくなって、仕方なくタコ焼きを？」と訊いた。

「たぶんな」僕は言った。真鯛が数十メートル下の海底で餌に食いつく……その微妙な当たりを指先でとるには、かなり高い技術と感覚が必要だと思える。

それに比べれば、4、5メートルの浅瀬にカニ籠を沈めておいてタコを獲るのは、楽なものだろう。

僕がそんな話をしていると、匠がじっと聞いている……。

♪

ロードスターから流れてくる曲が、ケニー・Gのサックスに変わっていた。

「で、彼女への治療は？」と僕。

「担当医は、いちおう最新の機器と療法による治療をすすめたという」

「その治療費は高いのか？」僕が訊くと、シナボンはうなずいた。「いわば特別な治療で、健康保険の適用外だから、相当高くなるはずだ……」

「それで、彼女はあきらめたのか？」

「そうらしい。この初診以後、一度も診察に来ていない……」

とシナボンはつぶやいた。ふと、海を眺める……。何かを思い出すような目をしていた。それは、気落ちした様子で医院から帰って行くナツキの姿……肩を落とし、小雪が降る中を帰って行った姿なのかもしれない……。

「で……彼女が遭《あ》った事故とは？」僕は訊いた。

「そこにあるよ」とシナボン。カルテの一カ所をさした。〈受傷日〉とあり、〈11月28日に発生した交差点での事故〉としか書かれていない。

「ずいぶん素っ気ないな……」と僕。

「素っ気ないって言うより、まだ全然慣れてないんだ。患者が女子高生だから、診察したのは、うちでも一番若い、言ってみりゃ新米の医師だよ」とシナボン。苦笑した。

「院長の親父さんが診るのは、有名なスポーツ選手だけか？」

「まあ、そういう事……」シナボンは、肩をすくめた。

僕は、軽くため息……。そのカルテのプリントアウトを、そばにいる匠に差し出した。

「あんたが、天然物の真鯛を食えなくなった理由は、たぶんこれさ」と言った。匠は、カルテを手にして、じっと見はじめた。

停まっている車から、ケニー・Gの〈Songbird《ソングバード》〉が、海風にのって聞こえていた……。

♪

「あ……それで、カスタネットだったんだ……」と涼夏。出前でとったチャーハンを久美に食べさせながら言った。

午後の7時過ぎ。店の二階だ。

明日は土曜で、中学は休み。そこで、風呂に入った久美は、そのままうちで泊まる事になった。

僕とシナボンは、出前のシュウマイをつまみながらビールを飲む……。そうしながら、さっきまで話していたナツキのカルテの内容などを、涼夏と久美に説明していた。

聞き終わった涼夏が、〈あ……それで、カスタネットだったんだ〉と言った。

「あのナツキさんにカスタネットが必要だったのは、手のリハビリのためだったんだ……」と涼夏。

「カスタネット？」とシナボンが訊いてきた。

僕はうなずき、話しはじめた。あのナツキが初めてうちの楽器店に来たのは、カスタネットを探してだった。その事を話すと、シナボンはうなずきながら聞いている。

高額の費用がかかる治療する事をあきらめた、そのナツキが考えたのが、自分でリハビリをする事……。

そのために、カスタネットを買った、そうとしか考えられないと説明した。

「なるほど……」とシナボン。「確かに、カスタネットなんかを使って手のリハビリをしている話は、聞いたことがあるな……」とつぶやいた。

老人を対象にした介護施設などで、そういうリハビリをしている例はない事もないという。

「つまり、遊び感覚を取り入れてリハビリをするって事だな」とシナボン。

「その効果は?」僕が訊くと、シナボンは首をひねった。

「どうかな……。カスタネットを鳴らしても、手の動きがあまりに単純過ぎて、効果があるかどうか……」と言った。「まあ、やらないよりはまし……その程度かもしれない」とつけ加えた。

僕も、うなずいた。そうかもしれない。僕とシナボンは、それぞれの考え事をしながら、無言でビールを飲んでいた……。

♪

「この服じゃ、まずいか?」とシナボン。僕はうなずく。

「それじゃ、ダメだ。お坊ちゃんまる出しだぜ」と言った。

8　Gコード、お前ならどう弾く

月曜日。午後の3時。

僕とシナボンは、ナツキのところに行こうとしていた。

あの横須賀でのイベントが終わって帰るとき、〈何かお礼がしたい〉とナツキが強く言っていたのだ。無事にタコ焼き屋を営業できたお礼という事らしい。

それもあり、僕らはナツキのところに行こうとしていた。まずうちに来たシナボンが、自分の服装を眺めて、

「漁港に行くのに、これじゃ浮くかな？」と言った。医大の帰りらしく、まっ白いポロシャツにベージュのコットンパンツ……。足元は、茶色のローファー。

僕は、〈それじゃ、お坊ちゃんまる出しだぜ〉と言ったのだ。そして、シナボンを二

階の部屋に連れていく。僕のTシャツと、色落ちしたジーンズをとり出した。

僕とシナボンは、体格がほとんど同じなので、シナボンはその服に着替える。ビーチサンダルを履いた。

涼夏と、遊びに来ていた親友のタマちゃんに留守番をまかせて、僕らは店を出た。


♪


「あ……」とナツキ。顔を上げて僕らを見た。

鐙摺の漁港。彼女は、岸壁に舫った漁船の上にいた。

Tシャツ、デニム地のショートパンツというスタイル。船の上で、タコ獲りに使うカニ籠の修理をしていた。

彼女は、裸足《はだし》だった。足の甲に、ビーチサンダルの陽灼けあとがある……。

午後の陽射しが海面にはじけている。彼女の灼けた頬や腕には、汗が光っている。カニ籠からは、かすかに潮の匂いが漂っていた。

「この前は、本当にありがとうございました」とナツキが僕らに言った。

「どうって事ないさ」と僕。シナボンと二人、岸壁から船に乗り移った。小型の船が、少し揺れた。

「どんなお礼をしたらいいか……」とナツキ。僕とシナボンは、顔を見合わせる。シナボンが、ナツキを見た。

「お礼なんて気にしなくていいけど、もし良かったら、ひとつ、協力して欲しい事があるんだ」と言った。

「協力？」

「そう。レポートを書くのに力を貸してくれないかな……」とシナボン。

「レポートって、どんな……」とナツキが訊いた。

「たとえば、そのレポートのタイトルは、〈リハビリテーションの新たな可能性〉ってとこかな……」とシナボンが言った。そして、あのカルテのプリントアウト用紙をとり出した。ナツキにさし出した。

♪

「あなたが、あの品田医院の……」とナツキ。カルテを手にして思わずつぶやいた。かなり驚いた表情……。

〈こいつの名前は品田雅行で……〉と僕。シナボンは、いま医大生、あの品田医院の息子である事をナツキに説明したところだった。

「去年のあの日、君が医院に来た姿をたまたま見かけてね……」とシナボン。「高額の医療費がかかると、担当医に言われたのも聞いてるよ」とナツキに言った。ナツキは、シナボンを見て、無言で聞いている……。

「うちの医院では、最新鋭の医療機器を使って高度な治療やリハビリをする……。でも、実は僕自身、それにはちょっとした疑問があって……」

「疑問……」とナツキ。

「ああ……。最新鋭の医療機器や高度なテクノロジーもいいが、それだけが治療やリハビリの方法なのかという、すごく素朴な疑問があって……」とシナボン。

「それを確かめるために、ちょっと君の左手の具合を見せてもらいたいんだ」と言った。

ナツキが、じっとシナボンを見ている。5秒……10秒……15秒……やがて、

「わたしで何か役に立つなら……」と言った。

♪

「左手の指先で、これを持ってくれる？」

とシナボン。カルテのプリントアウト用紙を四つに折り、ナツキにさし出した。彼女が、親指と人差し指でカルテの端を持った。

シナボンが軽く引くと、カルテはすっと抜けてしまった。

「もう一度、今度は指先に出来るだけ力を入れて」とシナボン。ナツキが小さくうなずいた。また、指先で紙の端を持つ……。けれど、シナボンが軽く引くと紙は指先から抜けてしまった。

「これ以上、指先に力が入らないかな？」とシナボン。ナツキが無言でうなずいた……。

その表情が、やはり硬い……。


♪


結局、30分以上かけてシナボンはナツキの左手を診た。

そして、鐙摺の港から戻る途中。僕らは、海岸通りにあるカフェで一息ついていた。

もう黄昏《たそがれ》が近く、テーブルの上にグラスの影が長い。

「ドクター、診察した結果は？」僕は、BUD《バドワイザー》に口をつけて訊いた。

「あの通り、指先にあまり力が入らない、指先が細かく動かない……。それが、主な症状だよ」とシナボン。モヒートのグラスを手にして言った。

「なんとかなりそうか？」と僕。

「それは、わからない。が、方法は何かあると思う」とシナボン。モヒートに口をつけ、僕を見た。

「ギターのコードにたとえれば、わかりやすい」と言った。

「コード？」

「ああ、たとえばGのコードを弾くとして、お前なら、いくつ指のポジションを思いつく？」とシナボン。

「最低でも4つかな……」と僕は言った。

Gのようなメジャー・コードの場合、基本的に構成する音は3つ。それを分散し、何弦の何フレットで押さえるかは自由だ。そこそこ知られているGコードの押さえ方でも、3つか4つはあるだろう……。

ギタリストによっては、誰も見たことがない一見不思議な押さえ方で、Gを弾くかもしれない。

「それと同じだよ。ある患者に対する治療やリハビリにも、いろいろなやり方があるはずだ。たとえば、それまでになかったやり方とかが……」シナボンが言った。

「それは、見つかりそうか？」

「……まあ、探してみるよ」


♪


ふと、シナボンが黙り込んでいる。2杯目のモヒート、そのグラスを見つめている……。

「どうかしたか？」訊くと、かすかにうなずいた。

「さっき、彼女の、ナツキの指先を診てただろう？　で、なんか、気持ちの隅に引っかかる事があったんだ」

「引っかかる？」

「ああ、かなり気になる事があったんだが、それが何なのか、いま考えてたのさ……」

「で……それがわかったのか？」と僕。シナボンは、モヒートに口をつける……。やがて、ゆっくりとうなずいた。

「ああ、わかった……。この何年か、間近で見たり触れたりした女の子の指先で、マニキュアを塗ってない爪を、初めて見たんだ……」

と、つぶやくように言った。そして、じっとグラスを見つめている……。

森戸海岸から吹いてくる海風が、テーブルの紙ナプキンを揺らしている。ザ・プラターズの〈Only You《オンリー・ユー》〉が、店に低く流れていた。

♪

「爺さんが、ハワイにメールを？」

僕は、久美に訊いた。砂浜に向かって歩きながら、久美はうなずいた。

「お爺ちゃん、さかんにパソコンに向かって、ハワイとメールのやりとりをしてる」と言った。

水曜日。午後6時半。僕らはそばの砂浜で花火をやろうとしていた。涼夏が、店の隅から去年の花火の残りを見つけたのだ。

久美は今日も涼夏と一緒に風呂に入り、新しいTシャツを着ていた。僕らは、砂浜におりていく……。そうしながら、

「お爺ちゃん、真鯛の事があって、何か、ハワイとメールのやりとりをしてるみたい」と久美。

「鯛か……」

「そう。ナツキさんていう人が真鯛を釣れなくなって、お爺ちゃんは天然物の鯛が食べられなくなった……。それを何とかしたいみたい」と久美。

「でも、どうしてハワイとメールのやりとりを?」涼夏が訊いた。

「うーん、それはわからない……」久美がつぶやいた。

やがて、涼夏が花火をとり出した。陽は沈み、砂浜には薄青い黄昏がせまっていた。僕がライターをつけ、2人が持った花火に着火した。

涼夏の花火からは白、久美の花火からは赤い光の筋が、砂浜に流れはじめた。薄い煙が、潮風に運ばれていく。

「また、夏がはじまるんだね……」と花火を持った久美がつぶやいた。まだ幼さの残る横顔が、花火の赤に染まっている。その横顔を見ながら、僕はまた胸の中でつぶやいていた。〈匠が、なぜハワイとメールのやりとりを〉と……。

♪


牛肉を焼くいい匂いが、庭に漂っていた。

葉山御用邸に近い高台にある匠の家。その庭で、バーベキューをはじめていた。

久美と涼夏が、バーベキュー・グリルで肉を焼いている。僕とシナボンは、缶ビールを手にしている。

ナイフとフォークを持った匠が、

「私が肉を食ってるのが、そんなに珍しいか？」と言った。僕は、うなずく。

「めったに見られない光景だな、皆既日食《かいきにっしょく》みたいなものだ」とつぶやいた。

「なんとでも言え」と匠。「最近まともな魚が手に入らなくなったから、仕方ない……」

とつぶやいた。

「おれたちをバーベキューに招《よ》んだのは、その事に関係してるらしいな」と僕が言った。

ナイフで肉を切っている匠の手が、ふと止まった。

9　彼女は〈Yesterday《イエスタデイ》〉を聴いていた

「コア・ウッド？」と僕。匠に訊き返した。

匠は、肉を口に運び、うなずいた。

コア・ウッド、つまりコア材。それが、ハワイで採《と》れる木材だとは、よく知られている。コア・ウッドで作った高級なウクレレがあるのも有名だ。

「私は、家具の工房をやりながら、ギター作りに熱中していたわけだが……」と匠。僕と涼夏はうなずいた。

「長い間、さまざまな木を使って、ギター作りにトライしていた」と匠。ロック・グラスに入った赤ワインを口に運ぶ。

「で、ハワイのコア・ウッドにも手を出してみたのか……」と僕。

「まあ、そういう事だ」と匠。「一流のウクレレが、コアで作られているのは知っていたからな」

「ウクレレに向くなら、ギターにも向くかもしれないと?」と僕が言い、匠はうなずいた。

「で……伝手《つて》を頼って、ハワイのウクレレ・ビルダーと連絡をとる事が出来たんだ」

「ウクレレを作ってる工房?」

「ああ、ホノルルにあるウクレレ・ビルダー……。その社長とメールのやりとりが出来るようになった」

「へえ……」シナボンがつぶやいた。

「その社長は、マーク中川という日系三世で、気さくな男だ」と匠。「すぐに、試作用のコア・ウッドを送ってくれたよ」と言った。

「で、コアのギターは?」と僕。

「結果的に、エレクトリック・ギターの素材としてはいまひとつだった」と匠。「しかし、その後もハワイのマーク中川とはメールのやりとりが続いていて……。彼はウクレレ作りに、私はギター作りに熱中していたという共通点もあるし……」

「そんなやりとりの中から、ちょっと興味深い事実を見つけたんだ」

と言った。また赤ワインで、ノドを湿らす。


♪


「はい」と久美。僕やシナボンの前にも、焼いた葉山牛ののった皿を置いた。

「で、その興味深い事実ってのは？　もったいぶらずに話せよ」僕は言った。匠は苦笑い。

「ギター少年は気が短いな」と言い、またワインをひと口……。

「彼、マークは私と同じ71歳で、会社はもう息子に譲り、趣味の音楽ざんまいの毎日らしい」

「それは、もちろんウクレレの演奏？」と涼夏。

「ああ、マークはウクレレのプレーヤーとしても一流らしく、その昔はレコードを何枚か出した事もあるようだ。そんな彼が、最近やっているのが高齢者施設での演奏やリハビリ指導だという」匠は言った。僕とシナボンは同時に、

「リハビリ……」とつぶやいて匠を見た。

「そう……。ホノルルやその近郊の高齢者施設から招かれて演奏をしたり、ウクレレを使ってリハビリを指導したりしてるらしい」

と匠。スマートフォンを取り出しタップして、テーブルに置いた。

液晶画面に一枚の画像……。

80歳過ぎに見えるハワイアンらしい女性。そのお婆《ばあ》さんが、ウクレレを手にしている。

そして、日系人らしい白髪の男が、そばでウクレレの手ほどきをしてるような画像だった。

「この白髪の彼が、マーク？」と僕。匠は、うなずいた。

「これは、ホノルル近郊、カイルアというところにある高齢者施設だという。この女性は、脳梗塞《のうこうそく》を発症して、その後遺症で左手が不自由になったとか」

僕らも、その画像をじっと見た……。5秒後、

「そうか……」とシナボンがつぶやいた。

♪

庭に鳥のさえずりが聞こえていた。

「ウクレレでリハビリか……」と僕もつぶやいた。匠は、うなずく。

「この画像は、マークのインスタグラムにアップされていたものだが、ウクレレを使ったリハビリで、明らかな効果が認められた場合もあり、新聞にも取り上げられたらしい」

と匠。別の画像を出した。新聞記事をスマートフォンで撮ったものらしく、ウクレレを手にしたマークのモノクロ写真と英文の記事……。

「〈ホノルル・アドバタイザー紙〉というハワイ最大の新聞の記事らしい」

「これは、そのマークから？」と僕。匠は、うなずく。「彼からメールに添付されてきたものだ」

♪

「これを見せるために、招んだのか……」僕は、つぶやいた。そして、あの久美が言っていた事を思い出していた。

〈お爺ちゃん、さかんにハワイとメールのやりとりをしてる〉と久美が言っていた、その意味がわかった。

「……鐙摺の〈小沢丸〉の娘が、交通事故で指先が不自由になってしまったという。そして、真鯛を釣れなくなり……結果的に、私は天然物の真鯛を食えなくなった。これは、由々《ゆゆ》しき問題だ」

腕組みをして、匠は言った。その偉そうな口調には、少し誇張した感じがあった。この頑固な爺さんも、実はナツキの事を気にかけているのだろうか……。

「……で、このハワイからの情報を？」と僕。

「そういう事だ」と匠。「その娘の手が回復してくれないと、私のテーブルに天然物の真鯛がのる日がこないからな……」と、相変わらず、威張った口調で言った。

僕は、胸の中で苦笑い。

「まあ、そういう事にしておくよ」と言った。久美が焼いてくれた肉を、ひと口かじった。

♪

小さな波が、一色《いっしき》海岸の砂浜に打ち寄せていた。

午後3時。涼夏と久美は、くるぶしまで海につかり、楽しそうな声を上げている。夏が近づき、水温はかなり上がってきたようだ。僕とシナボンは砂浜に立ち、はしゃいでいる涼夏たちを眺めていた。

「ウクレレでリハビリとは……」シナボンが、つぶやいた。

「しかし、あり得るな……」と僕。

「ああ……。少なくとも、カスタネットよりは効果がありそうだ」とシナボン。

ウクレレは、ギターよりぐっと小さく、気軽に手にする事が出来る。ギターの弦は6本あるが、ウクレレは4本。しかも、押さえやすいナイロンの弦だ。

「彼女にウクレレを弾かせるとすると、左手の指で弦を押さえる事になる……。それは、確かに上手くすると効果的なリハビリになりそうだな」

シナボンが言った。僕は、うなずき、

「彼女、ナツキが音楽好きだと、なおいいんだが……」と言った。するとシナボンが僕を見た。

「可能性はある。……この前、彼女の船に行ったとき、あれを見ただろう？」と言った。

「ああ、見た……」と僕はうなずいた。

シナボンと僕は、そのまま無言で海を見ていた。午後の波打ちぎわ。涼夏たちがたてる水飛沫《みずしぶき》が、初夏の陽射しに光っている……。

♪

ビートルズの〈Yesterday《イエスタデイ》〉が、海風にのって聞こえてくる。

僕とシナボンは、顔を見合わせた。

2日後。午後の3時。港の岸壁に舫われた〈小沢丸〉。

船の上に、ナツキがいた。こちらに背を向けて腰かけている。カニ籠の手入れでもしているらしい。

そして、かたわらには小さなラジカセがあった。錆《さび》だらけのラジカセ。いまではめったに見かけない、カセットテープを再生するものだ。

そこから、〈Yesterday〉が流れていた。

僕とシナボンが話していた〈あれを見ただろう〉の〈あれ〉とは、このラジカセの事だ。

この前、ナツキの手の具合を診《み》にやってきた。そのとき、船の片隅に、錆だらけのラジカセがあったのに僕もシナボンも気づいていた。

そのそばに、カセットテープのケース。そこに〈BEATLES《ビートルズ》〉の文字が見えたのも覚えていた。

とりあえず、彼女が音楽を嫌いでないのは感じられたのだ……。

いま、そのラジカセからビートルズの曲が低いボリュームで流れていた。

やがて、〈Yesterday〉が2コーラス目に入る。最初のコードは、F……。そのとき、シナボンは手にしたウクレレでFをさらりと弾いた。

カニ籠の手入れをしていたナツキの手が、ピタリと止まった。2秒後、彼女が岸壁にいる僕らに振り向いた。かなり驚いた表情……。

♪

「ウクレレでリハビリを？」とナツキが訊き返した。

舫われた船の上。僕とシナボンが、交互に説明していた。

ウクレレを使った指のリハビリには、可能性がある。ハワイでも、その成功例があるようだ……。

そんな事を、サラリと話した。

「どうだろう、もしよかったら、トライしてみないか?」

とシナボン。軽くウクレレのコードを弾きながら言った。かなりギターを弾ける者にとって、ウクレレは楽なものだ。

「君が釣ってくる真鯛を楽しみにしてる爺さんもいてね……」と僕。「一日も早くその手が回復するのを待ってるんだ」と言った。

ナツキは、まだかなり驚いた表情のままでいる。無言で何か考えている。

港の中を海風が渡っていく。少しウェーヴしたナツキの髪を揺らせている……。

ラジカセから、〈And I Love Her《アンド・アイ・ラブ・ハー》〉が流れはじめた。ナツキは、無言。その錆だらけのラジカセをじっと見つめている……。

僕とシナボンは、ちらりと視線を合わせた。

〈やはり、話が急過ぎたかな……〉と僕は胸の中でつぶやいた。やがて、シナボンが口を開いた。

「もちろん、君がこれをやる気になったらの話だけどね」と言い、さらりとGを弾いた。

「もし、その気になったら、連絡をくれないか」と僕は言った。これ以上は押さない方がよさそうだ。僕とシナボンは、船の上で立ち上がった。岸壁に上がろうとした。

そのときだった。

「あの……」とナツキの声。僕らは、彼女にふり向いた。

「あの……もしよかったら、そのウクレレのリハビリ、やってみたい……」

ナツキが、そうつぶやいた。

10　ドーパミンおじさん

「小学生のとき？」．僕は、彼女に訊き返した。ナツキは、うなずいた。

「マリちゃんていう仲のいい子がいて、よく一緒に遊んでたんだ……」と彼女。「マリちゃんのお父さんが音楽好きだったんで、あの子の家に行くとビートルズやスティーヴィー・ワンダーのCDがあって、よく聴いてたわ……」と言った。

僕もシナボンもうなずいた。ナツキが船の上でビートルズを聴いている、その背景が少しわかった……。

カモメが2羽、海風に漂っている。その翼が、午後の陽射しをうけてレモン色に染まっている。

「マリちゃんのお父さんは、ギターが趣味で、まだ小さかったマリちゃんにはウクレレ

の練習をさせてた……」とナツキ。空を見上げて、

「楽しそうにウクレレを弾いてるマリちゃんを見てて、ちょっと羨《うらや》ましかったな……」

と言った。その目で、カモメを追っている……。

「うちのお父さんは漁師で、ずっと忙しかったから趣味なんて何もなかった……」とナツキ。「わたしもずっとお父さんの手伝いをしてて、楽器なんてさわる事もなかったし……」

と言った。その目は、相変わらず空のカモメを追っている……。

♪

少し涼しくなってきた風が、港を渡っていく。

「じゃ、ウクレレ、弾いてみるかな？」とシナボン。5秒ほど考えて、ナツキはうなずいた。

「もし教えてもらえるなら……」と小声で言った。

「もちろん」とシナボン。ちょっと考える。

「毎週、火曜と金曜は、大学の講義や実習が午前中で終わるんだ。その日でよければ

……」と言った。ナツキがうなずいた。

「リハビリといっても、週に1回でも2回でも、無理せず、ゆっくりと……」とシナボン。また彼女がうなずいた。

そのとき、一艘の小船が港に入ってきた。ごく小さな、いわゆる伝馬船《てんません》だった。2人も乗れば一杯になるような小さな船……。初老の男が、15馬力の船外機を操作している。

伝馬船は、すぐ近くに着岸した。

乗っている初老の男に見覚えがあった。ナツキがタコ焼き屋として使っている小屋、そのすぐそばにある釣り船屋のオヤジさんだった。

オヤジさんは、船から何か魚の入ったポリバケツを持って岸壁に上がる。どうやら、伝馬船で今夜のオカズを釣ってきたらしい。彼はポリバケツを持ったまま、船の上にいるナツキと僕らを見る。ちょっと冷やかすような口調で、

「ナッちゃん、ボーイフレンドができたのか？」と言った。

「やだ、トクさん！」とナツキ。その頰が紅潮している。トクさんというそのオヤジさんは、笑い声を上げて歩き去った。

♪

「見込みはありそうか、ドクター」僕は、BUDを手にして言った。港からの帰り道、僕とシナボンは、また海岸通りのカフェで一息ついていた。

「彼女が音楽が好きで、楽器をやりたがっていた、それはすごくいい材料だな」とシナボン。ジン・トニックのグラスに口をつけ、

「ドーパミンって聞いた事があるだろう？」と言った。

「幸福ホルモンか？」

「ホルモンっていうより、脳内から分泌される化学物質なんだけど、人が楽しさや幸福感を感じると分泌されるものなんだ。で、ドーパミンがより多く分泌されるほど、身体全体にいい効果をもたらすっていうのは常識になってる」

とシナボン。僕は、うなずいた。そんな話は聞いた事がある。

「で、ここからが大事なんだが、ドーパミンの分泌には、音楽が関係してるというのさ」

「……音楽が……」

「ああ。2009年、科学雑誌の『ネイチャー』に発表された論文では、人が好きな音楽を聴いていると、多くのドーパミンが分泌されるというんだ」

「ほう……」

「という事は、人が楽しく音楽をやってるときにも、ドーパミンが分泌されると仮定できる」

とシナボン。僕は、うなずいた。

「それで、だいたい読めた。もし彼女がウクレレの練習を楽しいと感じたら、ドーパミンが沢山分泌されて、いい効果が期待できると?」

「ああ……。そうなってくれれば、彼女の場合は神経系統のトラブルだから、かなりの効果が期待できる」

とシナボン。またジン・トニックに口をつけた。

森戸海岸から吹いてくる潮風が、店の窓から入ってくる。風の中には、そこまで来ている夏の匂いが感じられた。


♪

「エリックおじさんって、きっとドーパミンおじさんなんだね」

と涼夏。ワッフルを食べながら言った。

午後5時過ぎ。僕は店に帰ってきた。店番をしてた涼夏に、さっきの話をしたところだった。

涼夏は、好物のワッフルを食べながら聞いている。聞き終わると、

〈エリックおじさんって、きっとドーパミンおじさん……〉と言ったのだ。

エリックおじさんとは、もちろんE《エリック》・クラプトン。涼夏が一番親しみを感じているギタリストだ。

僕が一番よく弾くのが、クラプトンのナンバーだからだろう。

「だって、70歳を過ぎてあんなに楽しそうに上手くギターを弾けるって、エリックおじさんの頭からは、そのドーパミンが一杯出てるんだね……」涼夏が言った。その唇の端には、ワッフルの破片がついている。僕はそれを拭いてやりながら、

「まあ、そうかもな……」と苦笑まじりにつぶやいた。

♪

電話がきたのは、その15分後だった。

大手音楽レーベル〈ブルー・エッジ〉のプロデューサー、麻田《あさだ》だった。

「やあ、哲也君。ところで、涼夏ちゃんの作詞は進んでるかな？」と言った。

涼夏を、いずれシンガーとしてデビューさせる。そのために、まず曲を作る必要がある。涼夏が詞を書き、それに僕がメロディーをつける。そういう計画になっていた。

あのB《ビリー》・アイリッシュと兄のフィニアスが、曲を共作しているように……。

「本人、かなり真剣に書いてるようだけど……」僕は、麻田に言った。涼夏が、詞らしいものを書いているのは、とっくに気づいていた。

「そうか……。涼夏ちゃんは、まだ16歳という若さだ。急ぐ必要は全くないが、そのうち彼女が書いた詞を見せてくれないか」と麻田。僕は、「了解」と答えた。

「それとは別件で、例の山崎唯《やまざきゆい》のレコーディングなんだが」と麻田。

「彼女のテスト・レコーディングをする準備が整ってきたんだ。やはり、ギターは君に頼みたいと、唯ちゃん本人の希望なんだ。よほど君のギターを信頼してるんだな……。もちろん引き受けてくれるよね？」

「まあ……」

「よかった。それで、唯ちゃんのテスト・レコーディングは、横井《よこい》という若いプロデューサーが担当する予定なんだ。近いうちに、レコーディングする曲の譜面《スコア》を送らせるよ。とりあえず、見てくれないか」

と麻田が言った。

♪

「唯さん、いよいよレコーディングなんだ……」

と涼夏。出前のギョーザを食べながら言った。

「そうみたいだな。順調にいけば、来年あたりにデビューって事になるのかな」と僕。

山崎唯の場合は、アイドルだった十代の頃に2枚のCDを出しているから、再デビューという事になるのだろうけれど……。

「今度は、完全に大人のアーティストとして再デビューするみたいだな」僕は言った。

「すごいなあ、22歳で……」と涼夏が無邪気な口調でつぶやいた。

「それはともかく、つぎは涼夏の番だぜ」と僕は言った。

♪

「そんなに恥ずかしがらなくても……」

苦笑しながら、僕は涼夏に言った。晩飯を終えた1時間後。涼夏の部屋だ。

涼夏が書いた歌詞を見せてくれるという。

この子は、強度の弱視なので、歌詞は音声入力しているという。かなり大きなタブレットに、音声で入力しているらしい。

彼女は、そのタブレットを出してきた。僕らは並んで床に座り、ベッドにもたれる。

ところが、涼夏は、ひどく恥ずかしがって、なかなか見せてくれない。タブレットを胸にかかえ込んでいる。

「だって、あんまりガキっぽいから……」と涼夏。もじもじとしている。

「わかった」と僕。「そのつもりで見るから」と言った。

「哲っちゃん、読んでもバカにしない？」と涼夏。

「するわけ、ないだろう」と僕。それで、やっと、涼夏は手にしたタブレットの画面を僕に見せてくれた。すごく大きな字で、数行の言葉が並んでいる。この字の大きさなら、彼女自身にも読めるのだろう……。

〈もしも恋がワッフルだったら
ひとくちかじってみたいかな
もしも恋がワッフルだったら
ふたくちかじってみたいかも
でも
あんまりかじると　すぐなくなっちゃうよね
どうしよう
もしも恋がワッフルだったら　どうしよう〉

そんな数行……。僕は、じっと眺めていた。
「ね、ガキっぽ過ぎるよね。恥ずかしい……」涼夏の顔が、茹でたように赤い。
そのとき、僕の中に強烈な感情が湧き上がってきた。それは、涼夏への想いだった。
この子は、確かに16歳という年齢《とし》にしては子供っぽい。でも、そんな子供っぽさも含めて、彼女を愛《いと》おしいと思う気持ちが、あらためて胸に湧き上がる……。
〈あんまりかじると
すぐなくなっちゃうよね
どうしよう〉
というタブレット画面の文字を僕は見つめていた。
「恥ずかしい……」と涼夏。僕の肩に顔を押しつけた。僕は、彼女の肩をそっと抱いた。
涼夏の頭が、僕の頬に押しつけられる。彼女の髪からは、シャンプーの香りが漂っている。
彼女の体温を感じる。気がつけば、二人の顔が3センチぐらいまで近づいていた……。
あたりが真空になった。顔と顔が、さらに近づいていく……。
やがて、唇と唇がかすかに触れ合った。

11　今日のビートルズは、少し音痴

そのときだった。涼夏が、ふと唇を離した。

「わたし、さっきギョーザ食べたよね……」とつぶやいた。

そして、すっと立ち上がる。少しあわてた感じで部屋から出ていった。

僕も立ち上がり、部屋を出る。

すぐそばの洗面所に、涼夏はいた。どうやら、歯を磨きはじめているらしい。その後ろ姿を、僕は苦笑いしながら見ていた。

最近、うちの楽器店にはギターやウクレレ修理の依頼が多い。それで忙しい事もあり、晩飯は出前が続いている。今夜は、ギョーザとラーメンだった。

涼夏は、甘いものも好きだが、ギョーザも好物だ。さっきも、一皿をたいらげた。そ

れはいいとして……。あわやキス……その瞬間に、自分がギョーザを食べた事を思い出したらしい。

いま、シャカシャカと歯を磨いている。この子にしてみると、キスのチャンスを逃しかけたという思いなのだろうか。それであわてて歯を磨いて……。

僕は、苦笑いしながら、彼女の後ろに行く。その体にそっと両手を回した。

「気にするなよ。おれたちには、時間がたっぷりあるんだし……」と言った。

イトコ同士とはいえ、僕らの間に、恋愛感情が芽生えているのは、もう疑いようがないのだから……。

鏡に涼夏が映っている。歯ブラシをくわえて、口は半開き……。やがて、鏡の中で、涼夏が小さくうなずいた。真名瀬の海岸から、かすかな波音が聞こえていた。

♪

「ちょっと、つき合ってくれないか」とシナボン。店に入ってきて言った。

土曜日。昼過ぎだ。

「どうした？」と僕。ギブソンのギターを修理する手を休ませた。

「例のウクレレのリハビリの件で……」とシナボン。そのリハビリをどこでやるか、ナツキと電話で話したという。シナボンは〈君の家でもいいし〉と言ったらしい。すると、〈うちは、ちょっと……〉という返事が返ってきたという。

「彼女の家に、何かまずい事があるのか、少し気になって……」とシナボン。

「それで、あの子の家を見に行ってみようと？」僕は訊いた。シナボンは、うなずく。

そして、

「一人で行ったら、覗《のぞ》き屋みたいでまずいだろう」と言った。

「二人だと何か違うのか？」と僕。

陽一郎が、〈近くの海でとれた魚のような娘〉と言ったナツキ。その彼女が、どんな家で暮らしているのか……。それは、ちょっと興味があった。けれど、

「男二人でも、女の子の家を覗いてるのに変わりはないだろう」と僕は言った。

「うーん、そうか……」とシナボン。しばらく考えている。やがて、

「そうだ、涼ちゃん！」と言った。水羊羹《みずようかん》を食べていた涼夏が、思わず顔を上げた。

「涼ちゃん、ちょっとつき合ってくれない？」とシナボン。僕は、胸の中でうなずいた。

男二人でナツキの家を覗くのは、ちと、やばい。でも、女の子が一緒なら……。そう

いう事らしい。まあ、一理ある。

「いいよ、シナボン、つき合ってあげる」と涼夏。水羊羹の残りを口に入れた。

♪

「この辺だな……」とシナボン。電柱にある住所表示を見てつぶやいた。

片手には、カルテをプリントアウトしたもの。ナツキの正確な住所がそこにあるらしい。鐙摺の港から歩いて2分ほど。細い路地の奥だ。

この辺は、昔は漁師町だった。その雰囲気を感じさせる路地裏だった……。やがて、

「ここだ」と僕はつぶやいた。

コンクリート・ブロックの塀があり、〈小沢〉という色落ちした表札があった。塀には門がない。その奥には、民家があった。平屋の古い家だった。

僕らは、門を入る。家の玄関には、チャイムもインタフォンもない。玄関のわきに、使い古した漁網やブイが積んである。いかにも漁師の家だった。

僕らは、家のわきに入っていく……。すると、音楽が聞こえてきた。

ビートルズの〈Please Please Me《プリーズ・プリーズ・ミー》〉だった。たぶん、ナツキが使っている、あの錆

だらけのラジカセから流れているのだろう。

カセットテープは、くたびれてくると伸びる。そして、音も間のびする。音程もふらふらと揺れる。いまも、ビートルズの歌が少し音痴に聞こえた。

僕らは、そっと家の角まで行く。その奥は、たぶん裏庭だろう。ビートルズがそこそこのボリュームで流れてきている。ナツキはそこにいるらしい。

僕は涼夏の肩を突《つつ》いた。彼女の耳もとで、「ちょっと見てくれ」とささやいた。

涼夏が、そっと家の角から裏庭を覗いた。そして、

「ナツキさん、庭でしゃがんで、なんかしてる……」とささやいた。

「しゃがんで？　何をしてる？」と僕。「よく見えない……」と涼夏。僕は、この子が弱視なのをふと忘れていた。

「しゃがんでるって、オシッコとか？」

「まさか……。何か洗ってるみたい……」涼夏が小声で言った。

僕とシナボンは、家の角から顔を覗かせた。

縁側《えんがわ》に、例のラジカセが置いてある。そのそばで、ナツキがしゃがみ込んでいた。タンクトップとショートパンツ。何か洗いものをしている後ろ姿……。

どうやら、庭に置いたタライで洗濯をしているらしい。近くにある物干し竿には、すでに洗濯し終わったTシャツなどが干してある。

彼女は、金属製のタライでさらに洗濯をしているらしい。

いま、真夏のような陽が庭に射している。しゃがんでいる彼女のタンクトップとショートパンツの隙間があいて、背中がかなり覗《のぞ》いている。

水族館で見るイルカのようにすべすべした背中は、汗で濡れている。引き締まり、同時にすべすべしたその背中が眩《まぶ》しかった……。健康美としか呼べない耀《かがや》きがそこにあった。

僕らには全く気づかず、ナツキは一生懸命に手を動かしている。陽射しあふれる裏庭には、少し音程の外れたビートルズが流れていた……。

♪

「まいったなあ、タライで洗濯かよ……」とシナボン。波打ち際を歩きながらつぶやいた。

僕らは、森戸海岸を歩いていた。陽射しは明るく、波は小さい。遥《はる》か沖には、ディンギーの白い帆《セイル》がいくつも動いている。大学のヨット部が練習しているらしい。

「彼女が、〈うちは、ちょっと……〉と言った訳がわかったな」僕は言った。

ナツキの家は、確かに古ぼけていた。見ようによっては、みすぼらしいとも言える。

「それが恥ずかしかったんだろうな……」と僕。

「しかも、タライ……」とシナボン。

「洗濯機がないか、あるいは故障してるとか……」僕は言った。シナボンは、うなずく。

そして、

「それにしても、まいったな……」と言った。その〈まいったな……〉には、微妙なニュアンスがあった。何か不思議なものを見てしまった……。それをどう捉《とら》えるのか、少し混乱している、そんな感じだろうか……。

そのとき、シナボンのポケットで着信音。スマートフォンをとり出し、その画面を見て、「あ……」とシナボン。

「どうした？」

「美由紀とゴルフ練習場に行く予定だったの、忘れてた」とシナボン。肩をすくめた。

「遅刻だけど、これから行ってくるよ」と言った。僕らに片手を振り、砂浜を海岸通りの方に歩いていく。僕は無言で、その後ろ姿を見ていた。

「なんか、シナボン、あんまり楽しそうじゃない口調だったね」と涼夏。「ちょっと前は、彼女とのゴルフにすごくはまってたのに……」と言った。僕は、かすかにうなずいた。

♪

「そういえば、うちの洗濯機も故障した事があったよね」と涼夏が言った。僕らは、またゆっくりと砂浜を歩きはじめていた。

「そうだったな……」と僕はつぶやいた。あれは、去年の秋だ。使っていた洗濯機が故障した。仕方なく、しばらくの間、手洗いをしていた。

といっても、僕は家事が得意なわけじゃない。たいていの洗濯物は、どんどんポリバケツに放り込む。洗剤と水を入れかき回し、つけ洗いしていた。

そんなある日、ポリバケツをふと覗くと、僕と涼夏の下着が一緒に入っていた。涼夏の、まだ少女っぽい白いショーツ。僕の紺色のボクサー・パンツ。それが、洗濯水の中でからみ合うように浮いていた。

見ていた僕は、ちょっとくすぐったく、甘酸っぱい気分になったものだった……。そんな事をふと思い出していると、

「哲っちゃん、何考えてるの？」と涼夏。

「なんでもないよ……」僕は目を細め、水平線を眺めてつぶやいた。


♪


Dm……。

僕はマーチンでイントロのコードをさらりと弾いた。そして、Am……。

やがて、シナボンのウクレレがメロディーを弾きはじめた。ビートルズの〈And I Love Her《アンド・アイ・ラヴ・ハー》〉。いつかナツキのラジカセでかかっていた曲。キーは変えてある。

火曜日。午後の3時。うちの店。

今日、初めてウクレレのリハビリをやるところだった。ナツキの家が使えないので、うちの店で……という事になったのだ。

店に、シナボンが弾くウクレレが流れている。丸いけれど、芯のある音……。

ナツキは、小さくうなずきながら聴いている。

涼夏は、ナツキが手土産に持ってきてくれたタコ焼きをつまみながら、耳を澄ましている。僕が、アコースティック・ギターで伴奏するのも、シナボンがウクレレを弾くのも珍しいからだろう。

ナツキが曲に合わせて、小さく口ずさんでいるのに僕は気づいた。やはり、音楽は好きらしい……。

やがて、曲が終わる。涼夏が、「シナボン、やるじゃん」と言った。

「まあまあ」とシナボン。ちょっと照れた顔。そして、

「じゃあ、つぎは君の番……。やってみようか」とナツキに言った。

さっき店にやってきた彼女が緊張してるようなので、とりあえず僕らが1曲やってみせたのだ。

「じゃ……持ち方は、こんな感じで……」とシナボン。ナツキにウクレレを持たせる。

初めてでも弾きやすいコンサート・サイズのものだ。

彼女は、当然、緊張した表情でウクレレを手にした。確かに緊張はしている……。けれど、その眼が輝いているように見えた。

漁師の家に生まれ、家業の手伝いに追われ、趣味がなく育ってきた……。そんな彼女

が、生まれて初めて楽器を手にする……。その事が、眼を輝かせているようだった。

「そうそう、そんな感じで……」とシナボン。

僕は依頼されたギブソンの修理をはじめながら、その様子を眺めていた。

♪

「あ、ダメだ……」とナツキがつぶやいた。

シナボンは、彼女にまずCのコードを弾かせようとしていた。ギターと違い、ウクレレの場合、Cを弾くのは簡単だ。

1弦の3フレット目、その一カ所を押さえるだけでいい。

いま、ナツキは中指でその3フレット目を押さえようとした。けれど、上手くいかないようだ。細いナイロンの弦を指先で押さえる、それが上手くいかないらしい。

指先に障害をかかえているのだから、当然だろう。それでも、一生懸命に弦を押さえようとしている。その横顔が真剣だ……。

♪

「今日は、こんなところにしておくか」とシナボンが言った。40分ほどウクレレのリハビリをしたところだった。ナツキはウクレレから顔を上げ、

「ありがとう……」と言った。「どういたしまして」とシナボン。


♪


「お礼？」とシナボンが訊き返した。リハビリを終えたナツキが口を開いた。そして、〈何か、お礼をしたいんだけど、どうしたら……〉と言った。シナボンは、微笑する。

「このリハビリは、医者の卵のおれにとっては、かなり大事な経験になる……。だから、お礼なんて考えなくていいさ」と言った。

「でも……それじゃ……」とナツキ。シナボンは、しばらく考えている。やがて、

「それなら、1つだけ……」とシナボン。「君の船に乗せてくれないか？　タコ獲りをするところを見たいんだ」と言った。

12　マンハッタンを川は流れる

「うちの船で？」ナツキは、かなり驚いた表情をしている。

「ああ、君の船でタコを獲るところを見てみたいんだ」とシナボンは言った。

「それは……別にかまわないけど……」ナツキが答えた。

「じゃ、決まりだ」とシナボン。僕らを見て、「哲也《てつ》や涼ちゃんもつき合うよな？」と言った。僕は、肩をすくめてうなずいた。

「あ、行きたい！」と涼夏が声を上げた。


♪

ナツキが帰っていった5分後。

「そう言えば、シナボンも船で海に出るのが好きだったよね……」と涼夏が言った。

確かに……。僕もシナボンも、葉山という海岸町に育ったので、昔から海が遊び場だった。

16歳で、漁師の息子である陽一郎が船舶免許を取った。そこで、やつの家の〈昭栄丸〉で僕らは海に出た。

海水浴場の沖で泳ぐ。いろいろな魚を突く。菜島に船をつけ、サザエやトコブシを獲る。などなど……。

夕方の岩壁。七輪で獲ったサザエなどを焼き、陽一郎が家の冷蔵庫から持ち出してきた缶ビールを僕らは飲んだりした……。そんなとき、涼夏もよく一緒にいたものだ。

「けど、タコ獲りってのはまだ経験がないから……」とシナボンは言った。涼夏も、うなずいている。

本職の漁師がタコを獲るところを見てみたい……。それは、それとして、僕や涼夏も誘ったのには、別の理由もあると思った。

シナボンが一人でナツキの船に乗っていたら、港の噂になりかねない。そうなれば、ナツキに迷惑がかかる……。

なので、僕や涼夏を誘った。たぶん、間違いないだろう。僕はギブソンの修理をしながら、そんな事を考えていた。

♪


「哲っちゃん、何かきたよ」と涼夏。宅配便の封筒を持ってきた。

翌日の昼。素麺《そうめん》を食べていた僕は、封筒を受け取った。

差し出し人は、〈ブルー・エッジ〉のプロデューサー、横井だった。〈第二制作局 プロデューサー 横井浩《ひろし》〉という名刺が同封されている。

そして、楽曲の譜面《スコア》。〈詞・曲 山崎唯〉となっている。あの山崎唯が作った曲。そのスコアをコピーしたものだった。

タイトルは、〈Manhattan River《マンハッタン・リバー》〉。

単純に訳せば、〈マンハッタンの川〉というところか……。

歌詞は、すべて英語だった。よくあるように日本語と英語が混ざったりはしていない。

それを見て、僕は感じた。この時点で、唯は覚悟を決めたのだろう。この路線でいくと……。

僕は、歌詞を目で追う……。それほど難しい英語ではない。

〈52丁目の歩道は黄昏に包まれて
わたしの目の前を流れているのは　ひとつの川
それは　絶え間ないクルマたちのテールライト
その川を渡りたくても　わたしにはなぜか　一歩が踏み出せない
頬をなでる風は　ひんやりとして　誰もみな急ぎ足
マンハッタンの川を見つめて
いまは一人きりで……
でも　それが永遠に続くものではないと信じてる
いつか　ともに川を渡ってくれる誰かが
きっと現れると……

マンハッタンの川を見つめて　　いまは一人きり……
でも、わたしは信じている

いつかくる希望という名の明日……
誰かと二人で
冷たい川を渡り、
暖かい陽が射す場所にたどり着くと……〉

1コーラス目は、そんな歌詞だった。プロデューサーの横井がつけたメモがある。〈ニューヨークでは、クルマの流れの事をリバーと呼ぶらしい。そこからの発想だとか……。レコーディングのリハーサルは、1週間後あたりを予定してます。よろしく。横井〉とあった。

涼夏が、スコアに顔を近づける。

「唯さんの曲？」と訊いた。僕は、うなずいた。

「どんな曲？」と涼夏。

「ああ……。ニューヨークに住んでた頃の経験をもとにして書いたものだな……」とだけつぶやいた。かなりよく出来た歌詞だと思う。ひとりニューヨークで暮らす女性の寂しさと明日への希望を、素直に描いている。けれど、いまそれを涼夏に言うのはひかえた。

♪

その2時間後。僕は、一階の店にいた。テレキャスターをアンプにつなぐ。目の前には、唯のスコア……。意外に、コード展開はシンプルだった。

C……C_7……F……D_m……G_7……。

僕は、メロディー・ラインをテレキャスで追ってみた。しっとりとしたメロディー・ラインだった。

あえて超メジャーな曲にたとえれば、B《ボズ》・スキャッグスの〈We're All Alone《ウィア・オール・アローン》〉のような空気感を感じさせる曲だった。

ひんやりとした風は吹くが、雨は降らない。グレーの雲間から、淡い陽射しがこぼれている……。そんな感じのミディアム・バラードだった。悪くない……。僕は、テレキャスを膝にのせてつぶやいた。

♪

「夏だ……」涼夏が、頬に風をうけて声を上げた。

午後3時。僕らは、ナツキの〈小沢丸〉で海に出た。いま、太平洋高気圧が、関東をおおっている。夏の気圧配置だ。

まだ初夏なのに、陽射しは強い。空に、ソフトクリームのような白い積乱雲が湧き上がっている。

港を出ると、ナツキは南西に船首を向けた。たぶん、5ノットぐらいのゆっくりとしたスピードで船を走らせている。

ときおり、船首から小さな波飛沫《なみしぶき》が上がり、陽射しに光った。

走りはじめて約10分。ナツキが船外機のアクセルを絞った。船のスピードが落ちる。

この船にも小型の魚探がある。僕はそれを見た。水深6メートル。砂地に、小さな岩礁が点在している。

いかにもタコが回遊しそうな場所だ。

いく手に、目印のブイが浮いていた。バレーボールぐらいの大きさで、オレンジ色をしたブイ。

ナツキは、船をブイに近づけていく……。シナボンが身をのり出し、そのブイをつかんだ。

ブイには、黒く細めのロープが結びつけられていた。

ナツキがそれをつかみ、たぐっていく……。指先の故障があっても、ロープをたぐる事は出来るらしい。

やがて、1個目のカニ籠が海底から上がってくる……。僕、シナボン、涼夏は、船べりから海中を覗き込む。

「ダメ……」ナツキがつぶやいた。1個目のカニ籠は、空だった。ナツキは、籠を開け、餌のイワシを新しいものと交換する。また、籠を海に沈めた。ロープで連結してあるカニ籠を、つぎつぎと上げていく……。

5個目の籠が上がってきたとき、

「入ってる！」とシナボン。籠の中で、タコが身をくねらせていた。かなり大きい……。

「タコ、タコ！」と涼夏がはしゃいだ声を上げた。

ナツキは、籠を船に上げ、手際よくタコをつかみだす。船の生簀《いけす》に放り込んだ。その一連の動作は、ある種の逞《たくま》しさのようなものを感じさせた。僕らは、それを興味深く見ていた。

♪

それから約1時間。

40個ほどの籠を上げ、3匹のタコが獲れた。ナツキは、ほぼ満足という表情をしている。平均的な漁獲という感じだろうか……。

やがて、彼女は船外機のギアを入れる。船は港のある方向にゆっくりと戻りはじめた。

そして、2分ほど走ったときだった……。周囲を見回していたナツキの表情に、突然、緊張が走った。

♪

その2秒後。

ナツキは船を回しながら、船外機のアクセルを思いきり開いた。船は90度方向を変え、急加速！

僕らの体が、横に振られる。

中腰でいた涼夏は、「きゃ！」と叫び船底に尻もちをついた。けれど、ナツキは船をさらに加速させる。

船外機の鋭いエキゾースト・ノイズ！　J《ジェフ》・ベックが思い切り弾いた高音のように空気を切り裂く。

船首から上がる飛沫が、僕らの頬を打つ！
5、6秒して、いく手に何か見えてきた。１００メートルぐらい先の海面に浮かんでいるのは、小船だった。
さらに4、5秒。それが、ごく小さな伝馬船だとわかる。そして、誰かがその上で手を振っているのも見えてきた。

伝馬船まで30メートル……20メートル……10メートル……。

伝馬船の上で片手を振っているのは、あのトクさんだった。しかも、上半身だけ起こし、必死な表情……。

何かが起きたのは確かだ。

伝馬船まで5メートル。ナツキは、もう船のスピードを落としている。やがて、船と船が、1メートルまで近づいた。

「トクさん！」とナツキ。船のステアリングを握ったまま叫んだ。

「あ、足が！」とトクさん。苦しそうな声……。

僕はもう、跳《と》んだ。こちらの船べりを蹴り、トクさんの伝馬に跳んだ。

小船がぐらぐら揺れるのは、わかっている。トクさんの伝馬船に跳び映ると、船底に両手をついてなんとか倒れずにこらえた。

トクさんは、横たわっていた。穿《は》いているジャージが裂けて、血でぐっしょりと濡れていた。

13　タイガースも知らないのか

「トクさん！　大丈夫!?」とナツキが声をかけた。

僕とシナボンが、トクさんを、ナツキの小沢丸に移したところだった。

「ドジをしちまった」とトクさん。弱々しい声で言った。

「話さなくていいから」とシナボン。手当をはじめる。

ナツキは、船外機のギアを入れた。アクセルを開く。

シナボンは、船にあったナイフでトクさんが穿いているジャージを裂いた。ふくらはぎから、かなりの血が流れていた。もしかして、鮫にでもやられたのか……。

僕はもう、スマートフォンをつかんでいた。１１９。救急にかけた。

海上で怪我人！　いま鐙摺の港に搬送中と連絡した。

シナボンは、船にあった手拭《てぬぐい》をナイフで切り裂く。それで、ふくらはぎの止血をはじめた。

さすがに手際がいい。二カ所をきつく縛ると、流れていた血が、ほとんど止まった。

船は、全速で港に！

トクさんが、とぎれとぎれに口を開く。船のプロペラに、漁師の刺し網のロープがからんだ。プロペラが止まってしまい、トクさんは、それをなんとかしようと海に入った。

ところが、急にロープがちぎれプロペラが動きはじめた。

「てめえの船のペラで足を切っちまった。ドジな話だ」

と言った。やがて、港が見えてきた。

♪

港には、救急車が来ていた。回転灯を光らせ、岸壁に停まっていた。

トクさんは、救急隊員の手で船から岸壁へ。ストレッチャーに乗せられ救急車へ。

「わたしも行くわ！」とナツキ。救急車に乗り込んだ。救急車は、サイレンを鳴らしながら、走り出した。

♪

ナツキから連絡がきたのは、2時間後だった。

トクさんは、救急病院でもある葉山ハートセンターに搬送されたという。輸血をしながら、傷口を縫合。いまは、痛み止めなどを処方され、ウトウトしているという。

「幸い、傷は浅くて、命に別状はないって先生が言ってた」とナツキ。今夜は、念のため病院に泊まると言った。

僕らは、ちょっと安心した。僕とシナボンは出前の春巻きをかじり、ビールを飲みはじめた。

♪

翌日。午後3時。鐙摺の港。

海面で、魚が跳ねた。岸壁から10メートルほど先。イナと呼ばれるボラの幼魚が、小さく跳んだ。港の海面に、波紋が拡がっていく……。

ナツキは僕と涼夏の姿を見ると、

「あ、昨日は……」と言った。彼女は、岸壁に舫った小沢丸の上にいた。すぐそばには、トクさんの伝馬船も舫ってある。

どちらの船からも、流れた血はぬぐい去られている。午前中一杯かけてナツキがきれいにしたのだろう。すでに、真夏の気温だった。彼女の顔は、汗びっしょり。Tシャツも汗で体にへばりついている。

「で、トクさんは、どう?」と僕は訊いた。

「大丈夫みたい。わたしが病院を出てくるときには、もう普通に話ができる状態だったわ」

「へえ……」

「思ったより失血が少なかったみたい。応急処置が良かったって、お医者さんが言ってたわ」

「応急処置が良かった……」

「そう。広瀬《ひろせ》さんっていう担当してくれたお医者さんがそう言ってた」

「なるほど。たまたま、あそこにシナボンっていう医者の卵がいた、それがラッキーだったのかな?」僕が言い、ナツキがうなずいた。

「トクさん、退院したら何かお礼をしたいって……」

♪


「そういえば、トクさんには家族がいないの?」

涼夏が訊いた。ナツキは、うなずいた。

「10年ぐらい前に離婚してて、2人いる子供たちも、ここにはめったに来ないわ……」

とつぶやくように言った。

「そうか……」

「釣り船って、お客が減る一方だし、もともとキレイな仕事じゃないしね……」ため息まじりにナツキが言った。僕は、無言でうなずいた。となりにいる涼夏は、何か複雑な表情をしている。そのとき、

「やっぱり、海はいいなあ……」という声が聞こえてきた。

岸壁に、カップルらしい二人連れが立っている。二十代の後半ぐらい。東京から来たと、ひと目でわかる。

この近くにあるレストラン〈ラ・マーレ〉でランチをしてきた、そんな感じだった。

男は、高級感のある麻のジャケットを身につけている。

「潮風が気持ちいい……」と洒落《しゃれ》たニットを着た彼女の方が深呼吸をしている。

僕も涼夏もナツキも、無言で港の海面を見ていた……。

ナツキの錆だらけのラジカセから、少し間のびした〈Penny Lane《ペニー・レイン》〉が低く流れている。


♪


「久しぶり……」と山崎唯。微笑しながら、立ち上がった。

水曜日。午後2時。青山にある〈ブルー・エッジ〉のロビーだ。これから、彼女の曲のリハーサルをはじめようとしていた。

唯は、相変わらず。スリムジーンズに、白いナイキというカジュアルなスタイル。一流レコード会社に来ていても、気負ったところはまるでない。

僕のとなりには、涼夏がいる。唯は笑顔を見せ、

「涼夏ちゃんも、久しぶりね」と言った。

僕が涼夏を連れてきたのは、プロデューサー・麻田のリクエストだった。

リハーサルの日時が決まった。その連絡が麻田からきたときだ。

「できれば、涼夏ちゃんも連れてきてくれないかな。唯やプロデューサーの横井君には伝えておくから」と麻田が言った。

「でも、なぜ涼夏を？」僕は訊き返した。

「涼夏ちゃんも、いずれミュージシャンとしてデビューしてもらいたい。そのためにも、スタジオの雰囲気などに慣れておいて欲しいんだ」と麻田。「彼女がとても内気だとわかっているからね」と言った。

それを涼夏に伝えると、やはり遠慮している。

「だって……唯さんのリハーサルだし、わたしなんかいたら邪魔だし……」と予想通りの返事がかえってきた。でも、麻田の言うこともよくわかる。1時間ほどかけてそれを話すと、やっと涼夏もうなずいたのだった。

♪

僕らが話していると、一人の若い男がロビーを歩いてきた。

「あ、こちらプロデューサーの横井さん」と唯が紹介した。彼は、

「はじめまして、横井です」と僕らに言った。横井は、まだ二十代の後半だろう。音楽好きの若いやつという感じだったが、大手のレーベルのプロデューサーというには若過ぎる印象もした。

「じゃ、さっそくスタジオに……」と横井。僕らは、エレベーターに歩く。

♪

「アレンジャーの野々村《ののむら》さんです」と横井。40歳ぐらいの男を僕と唯に紹介した。

三階にあるBスタだ。

アレンジャー……編曲家？　僕は、首をひねった。

今回は、テスト・レコーディングだと聞いている。なのに、編曲家まで用意するとは……。

その野々村は、黒ずくめの服。髪は伸ばし、ウェーヴをかけ、セルフレームの眼鏡をかけている。一見して何かの業界人とわかる。あるいは、業界人に見えないと満足できない、そういう感じだった。

「野々村さんは、ジュリアード音楽院を出てて、つまり唯さんの先輩という事になるんで」と横井。「そんな縁もあり、今回、編曲をお願いしたわけです」と唯と僕に言った。

唯も、初めて聞く事のようだった。少し意外な表情を浮かべている。

野々村は、ギターケースを持っている僕を見た。こちらが若いので、バカにしたような表情。あきらかに上から目線……。

「君は、どこのバンドで弾いてたのかな？」と訊いた。

「タイガース」と僕。

「タイガース？」と野々村。

「知らないのか？　ほら、ジュリーがヴォーカルをやってた」と僕。

野々村は、口を半開き。この若造にからかわれているのか……判断しかねているようだ。

プロデューサーの横井の顔が、引きつっている……。

「あの、これを……」と言い、あわてて、横井がスコアを僕らに渡した。

〈マンハッタン・リバー〉のスコア。

〈詞・作曲　山崎唯〉に続けてすでに〈編曲　野々村サトシ〉と書かれている。

そのスコアを見た僕は、〈なんじゃ、これは……〉とつぶやいていた。

♪

僕は、そのスコアのコード展開を眺めた。

唯が書いた最初のスコアでは、コードはかなりシンプル。C……C_7……F……という感じだった。

ところが、いまある野々村のスコアでは、Cの次に、〈Cadd4〉などというコードがついている。

Cのコードは、音楽の授業風に言えば、〈ド〉〈ミ〉〈ソ〉の音でできている。

そのベースになる〈ド〉の4音上、つまり〈ファ〉の音をプラスしたのが、〈Cadd4〉。

4度上の音をadd、つまりつけ加えるという意味だ。

Cのコードがベースだが、微妙に違う感じになる。あまり使われないコードだ……。

僕は、そのアレンジされたスコアをさらに見る。あちこちに、やたらに難解なコードがつけられている。

〈add4〉だけではない。

〈マイナー・ナインス〉

〈シャープ・イレブンス〉

などなど……。

僕は、曲のメロディー・ラインを頭の中に浮かべながら、そのコード展開をイメージしていく……。そして、頭をひねった。僕が頭をひねっていると、アレンジャーの野々村が僕を見た。

「君は腕利きのギタリストって事だが、こんな高尚なコードだと弾けないのかな?」と言った。

野々村は、皮肉っぽい微笑を浮かべている。やがて、僕はスコアから顔を上げた。

「ああ……弾けないかな……」と言った。スタジオにいた全員が、僕を見ている。

「弾けないって言うより、弾きたくないね、こんなタコなスコアは」

僕は言った。

14　孤立感

静まり返った。その場の全員が、固まっている。
5秒……10秒……15秒……。プロデューサーの横井が、たまらず、
「あ、あの……」と口をパクパクさせる。
「タコなスコアだと……」と野々村。その顔が紅潮しはじめた。
「ああ、タコもタコ、どうしょうもないね」僕は吐き捨てた。
「あの……牧野さんは、このアレンジが良くないと？」と横井が僕に言った。
「良くないっていうより、最悪」と僕。
「それって、どのあたりが……」
「全部。やたら面倒くさいコードを使いまくって、原曲の良さを台無しにしてるよ」僕

は言った。野々村は、顔を真っ赤にして僕を睨みつけた。

「こいつ……この高尚なスコアが弾けないから、そんなケチをつけやがって……」と吐き捨てた。

「ジュリアード出にしては、お言葉が下品じゃないか？」と僕。「まあ、そう言うなら、やってみようか」と言った。

弾けないだろうと言われて、黙ってるわけにはいかない。僕は、ギターケースから、テレキャスターを出した。

♪

「歌わなくていいからメロディーを弾いてくれないか」

僕は、ピアノを前にした唯に言った。彼女がうなずいた。

「じゃ、原曲のコード進行で」と僕。2小節のイントロを弾く……。

そして、最初のコード、C。唯がメロディーを弾きはじめた……。

……約4分後、またCに戻って曲は終わった。涼夏が、小さく拍手をした。

「それでは、誰かさんの華麗なアレンジで」と僕。唯にうなずいてみせた。

イントロ……そして、曲に入る。野々村が原曲に混ぜ込んだ複雑なコードも、すべてさらりと弾いた。野々村は、目を閉じ、自己陶酔した表情……。指揮者のように、手を動かしている。

やがて、曲が終わる。みな、黙っている。僕は涼夏に、「どっちが良かった？」と訊いた。

「後の方は、なんか寝ぼけてる……」と涼夏が言った。

野々村が涼夏を睨んだ。そのこめかみに青筋……。

「寝ぼけてるだと？　この小娘は、誰なんだ！」と大声を出した。そのときだった。

「そこまでだな」という声がスタジオに響いた。

ガラスの向こうの調整室に、麻田がいた。

♪

「部長……」と横井。

「麻田さん……」と野々村。二人は同時に声に出していた。

重い防音扉が開いて、麻田がスタジオに入ってきた。いつから、調整室にいたのだろう……。

麻田は、相変わらず地味なスーツを着ている。大学の准教授という雰囲気だった。

「何か、熱い議論になってたようだね」と落ち着いた声で言った。

「麻田さん」と野々村。「ブルー・エッジともあろうものが、こんなチンピラみたいなギタリストを使うんですか」

と僕を指さし、興奮した口調で言った。

「まあまあ……」と麻田。「それこそ、大御所《おおごしょ》アレンジャーの野々村サトシともあろう人が、こんな若いミュージシャンと喧嘩するのはいかがなものかな？」と言った。

野々村は、黙った。そう言われて、あまり興奮するのもみっともないと思ったのか……。しかも、音楽業界きっての敏腕《びんわん》プロデューサーである麻田の前で、取り乱すのはまずいと思ったのか……。

麻田は、

「これだけ意見が割れてしまっては、リハーサルを続けるのは無理だろう。とりあえず仕切りなおしだな」と横井に言った。横井の顔は、まだ少し引きつっている。

野々村は不機嫌な表情なまま、脱いでいた上着を手にして、

「じゃ、私は失礼する」ぶすっと言った。スタジオを出て行こうとした。麻田は横井に、「ほら、先生を玄関までお送りして。タクシー券も忘れずに」と小声で言った。横井は、「あっ」とつぶやく。スタジオを出て行く野々村のあとを追いかけていく。野々村は、肩を怒らせてスタジオを出て行った。

麻田は、それを見送る……。

「大御所の先生か……」とつぶやいた。野々村が編曲したスコアを手にして5秒ほど眺める。

「困ったもんだ」と言いながら、そのスコアを二つに破り、そばのゴミ箱に捨てた。

♪

「じゃ、こうなるのは、わかってて?」と唯が訊いた。

ジン・トニックのグラスを手にした麻田は、うなずいた。

「横井は、まだ新米のプロデューサーだからね」と言った。

僕らの前には、一階のカフェからスタジオに届けさせた飲み物があった。麻田、唯、僕にはジン・トニック。涼夏には、イチゴのタルトとアイスティーだ。

「新米のプロデューサーとしては、自分の耳にまだ自信がない。そこで、ベテランのアレンジャーを起用しようと思ったらしい」

と麻田。

「それが大失敗になる事もある……。横井にとってはいい勉強になっただろう」

と言った。麻田はスタジオにあるキーボードにゆっくりと歩く。

鍵盤に指を落とした。〈Cadd4〉のコードがさらりと流れた。麻田が元キーボード・プレーヤーだった事を僕はまた思い出していた。

「何が、〈アド・フォー〉だ……」とつぶやいた。唯が、麻田を見た。

「さっきスコアを見たときは、とまどったわ……」と唯は苦笑し、「あの人は、いつもあんなアレンジを？」と言った。

麻田がうなずいた。

「難解なものが、高度なものだと思い違いをしてるんだ。知識やテクニックの見せびらかしだと気づいていない……」とつぶやいた。

「あの野々村サトシを起用すると横井から聞いたときに、こうなる事はわかってた。特に、哲也君とケンカになるのは折り込みずみでね……」

と麻田は苦笑い。僕もつられて苦笑い……。

「意地の悪いオジサンだな」苦笑いしたまま僕は麻田に言った。

「それは悪かったが、哲也君らしい一面が見られて嬉しかったよ」と麻田。「さらに、あの〈寝ぼけてる〉は最高だったね」と涼夏に言った。

当の涼夏は、一生懸命にタルトを食べている。何か、いま流行のタルトなのか、美味しいらしい。涼夏は、一心不乱にフォークを使っている。

やがて、みんなの視線が自分に向けられている事に気づき、はっと顔を上げた。

その目が少し寄っている。この子は、何かに熱中するとかすかな寄り目になるのだ。

♪

「あの、哲っちゃん……」と涼夏。僕のシャツのスソを引っ張った。スタジオの隅に……。

そして、涼夏は僕の耳元でささやいた。

「なんだ、そんな事か」と僕。

麻田の方へ行く。麻田は、ピアノに向かっている唯と何か雑談をしていた。

話をストップし、僕を見た。僕は小声で麻田に話す。涼夏が、さっき食べたイチゴのタルトをお土産に持って帰りたいと……。

「葉山に仲のいい子がいて、その子へのお土産で……」と僕。

「仲のいい子か……」と麻田。僕はうなずく。

「あいつ、学校に行ってないから、その子しか友達がいなくて」と僕は言った。

「なるほど……。そんなのは、お安い御用だ」と麻田。一階のカフェに電話をかける。

「ああ、麻田だけど、さっきのタルトを4個ほどテイクアウト用の保冷バッグにしといてくれ」

♪

「ビリー・アイリッシュ?」僕は訊き返した。

いま唯はピアノを前にして、〈マンハッタン・リバー〉の練習をしている。涼夏は、そのそばに立ち唯の演奏を聴いている。僕と麻田は、ガラスをへだてた調整室にいた。

「あのビリー・アイリッシュが、学校に行ってなかったのは知ってるかな?」と麻田。

僕は、うなずいた。そのエピソードは聞いた事がある。

「そんなビリーには、どこか十代の子らしくない孤立感があると思う」

「孤立感？」僕は訊き返した。

「そう……。孤独感というより孤立感……。ビリーは学校に行っていなかった。だから、友達など少なかったかもしれない。いわば、孤立した寂しい少女時代を送ったと想像出来る」と麻田。

「本人も〈14歳のわたしは、本当にみじめだった〉と本に書いているね……」と言った。

「で……涼夏も？」

「そう。眼の障害のせいで学校に行けてないというし、いま聞いたところじゃ、友達もあまりいないようだ……。そんな境遇は、かなりの部分でビリーと共通するものだ」

「それが、孤立感？」と僕。

「それはそうなんだけど、大切なのはそこじゃない」と麻田。ジン・トニックでノドを湿らす……。しばらく無言でいた。

「じゃ……ビリーはどうやって孤立感に打ち勝ったか……。それは……」

そこで、言葉を切った。

「それは……もしかして音楽の力？」と僕はつぶやいた。麻田は、グラスを手にうなずいた。

「さすがは哲也君。……その通り。ビリーは、音楽に熱中する事で、孤立感やみじめさに打ち勝ってきたんじゃないかな？」と言った。僕は、静かにうなずいた。

「……私は、音楽プロデューサーとして、涼夏ちゃんのCDを作ってみたい」と麻田。

「それは仕事でもあるが、さらに音楽をやる事が、彼女の人生に何かの力を与えてくればいいとも思っている」と言った。僕は、手にしたグラスを眺めながら、

「でも……なぜ、それほど涼夏の事を？」と訊いた。麻田は、5秒ほど無言……。

「たいした意味はないさ。プロデューサーである前に、一人の人間だからかな」と言った。「それに、私にも十代の娘がいてね」とつぶやいた。それ以上は、何も言わなかった……。

麻田が手にしたグラスの中で、氷がチリンと音をたてた。

15　天使たちが住む町

帰りの横須賀線は、すいていた。

涼夏は、お土産のタルトをわきに置くと居眠りをはじめた。僕の肩に頭をもたせかけて、うつらうつらしている。

僕は、麻田とかわした言葉を胸の中でリピートしていた。

涼夏が、ミュージシャンとしてやっていくとしたら、自分に出来る事は何か、ぼんやりと考えていた。

ふと、あどけなさの残る涼夏の寝顔を見る。かすかに唇が開いて、その寝息からはさっき食べたイチゴのタルトの香りが漂っていた……。電車は、北鎌倉《きたかまくら》を過ぎようとしていた。

♪


「いやあ、本当に世話になったなあ……」

とトクさん。僕とシナボンに言った。

東京に行った翌日。トクさんが、葉山ハートセンターを退院する日の朝だ。

トクさんは、かなり元気になっている。けれど、まだ松葉杖を使わないと歩けない。

そこで、うちの店のワンボックス・カーで迎えに行く事にしたのだ。

ナツキはいまトクさんの家にいる。留守だった家の掃除をしている。

退院の手続きには少し時間がかかる。そこで、僕らは病院の屋上に行った。

ハートセンターは、病室からも屋上からも葉山の海が見える。朝凪《あさな》ぎの海には、漁船や釣り船が出ていた。

トクさんは、ベンチに腰掛けそんな海を眺める。

「あんたたちは、命の恩人だ。どんな礼をしたらいいものか……」とつぶやいた。

「お礼なんていいよ。それより、教えて欲しい事があるんだけど」と僕は言った。

「教えて欲しい？」

「ああ……ナツキの事なんだ。あの子がどんなふうに育ったのか。で、どんな交通事故に遭ったのか」

僕は言った。トクさんとナツキは、昔からかなり親しいと感じていたからだ。

♪

「ナツキも、ついてないというか……」トクさんが、ぽつりと口を開いた。

「あの子が生まれたときに、母さんは死んでしまってね……。それ以来、父親があの子を育ててきたんだ」

「父ひとり、子ひとりか……」とシナボン。

「ああ……。親父さんはかなり苦労しながら、ナツキを育てていたよ。漁の収入も、たいした事がなかったし……」

とトクさん。空を見上げた。視界をカモメが1羽よぎった。

「収入が少なかった？」と僕。トクさんは、目でカモメを追いながら、

「ナツキの親父さんは、正直でいいやつだった。けど、漁師としての腕はいまいちだったな……」と言った。

「じゃ、どんな漁を？」と僕。

「主にタコ獲りだが、まあ、なんとか食えてたってところかな」

トクさんが言った。ナツキが暮らしている家の、あの貧しげな様子を僕は思い出していた。


♪


また、カモメが2羽、視界をよぎった。

「ところが、あれはナツキが高校二年になった春だった」とトクさん。「小沢丸が、立派な真鯛を釣ってきたのさ」と言った。

「……それは、もしかしてナツキが釣った？」シナボンが訊いた。

「そうなんだ。あの子が、見よう見真似《みまね》でシカケを下ろしたら、あんな鯛がかかったというのさ。親父さんもびっくりしてたよ」

「しかも、それがマグレじゃなかった……」と僕。トクさんは、うなずいた。

「それ以来、毎週のように小沢丸は、真鯛を釣ってきたなあ……。ナツキの指先は、普通じゃ考えられないほど敏感だったんだな。手釣りで鯛を仕留めるのはえらく難しいから……」とトクさん。水平線を見つめた。

「親父さんも、内心喜んでたよ。これで少しはマシな暮らしが出来るかもしれないと言ってたものだが……まさか、あんな事故に遭うとは……」とつぶやいた。


♪


「事故は、長柄《ながえ》の交差点で起きた。親父さんが運転してた軽トラとダンプカーが衝突したんだ。交通量の少ない夜明けだった……」とトクさん。長柄は、信号のある交差点だ。

「過失はどっちに？」と僕。

「軽症を負ったダンプカーの運転手は、青信号で交差点に入ったと主張してるらしい」

「ナツキの方では？」とシナボン。

「親父さんがいた運転席にダンプが激突して、親父さんはほとんど即死だったらしいから、何も話せない。で、ナツキは軽トラが交差点に入る瞬間、ウトウトしてて、信号が青だったか赤だったか見てなかったそうだ」

「ドライブ・レコーダーは？」とシナボン。

「どっちの車にも、ついてなかったらしい」

「そうか……。やっかいだな……」と僕。トクさんは、うなずき、

「現場検証の結果、ダンプの方も、明らかにスピードを出し過ぎてたようだ。そして、親父さんの方には信号を見落とした可能性がある。そうなると……」

「双方に過失があったとしたら、賠償金はあまり支払われないか……」とシナボンがつぶやいた。

「ああ……まだもめているらしいが、見通しは明るくないようだな」とトクさんが言った。

僕も思い出していた。ナツキは、事故の後遺症を診てもらいにシナボンの父親がやってる整形外科を訪れた。

けれど、高額が必要な治療をすすめられ、それを諦めた。小雪が舞う中、肩を落として帰って行ったという。

それは、事故の賠償金をあまり期待出来ないからなのだろうか……。

僕は目を細めて、水平線を見つめた。朝凪の時間は過ぎ、南西の微風が吹きはじめた。

カモメが3羽、そんな風に漂っている。

♪


「お帰りなさい！」とナツキの声がした。

鐙摺にあるトクさんの家。平屋の質素な一軒家だった。

僕とシナボンは、松葉杖をついているトクさんの体をささえて玄関のたたきに入ったところだった。入るとすぐ居間。畳敷きの居間に、卓袱台《ちゃぶだい》がある。

その上には、大きめの皿があり、ちらし寿司が盛りつけられていた。ナツキが作ったものらしい。シイタケ、金糸卵、絹さやなどが散らしてある。

気がつけば、もう昼が近い。

「みんな上がって」とナツキ。何かを取りに、奥の台所に入って行った。

トクさんは、松葉杖をついたまま卓袱台のちらし寿司を見ている……。じっと見ている……。

やがて、松葉杖から片手を離すと、そっと目尻をぬぐった……。

台所からナツキが戻ってきた。

「ほら、上がって。お腹すいたでしょう。病院の朝ご飯ってすごく早いから」と言った。

「あ、ああ……」とトクさん。

僕とシナボンがトクさんの体をささえ、たたきから居間に上がる。


♪


午後2時過ぎ。

僕とシナボンは、車で葉山のメインストリートを走っていた。トクさんの世話は、ナツキにまかせて……。

陽射しの眩しい町には、もう気の早い観光客が歩いている。中には、やたら露出度の高いウェアの女性もいる。

普段なら、それを見て軽口を叩くところだ。けれど、シナボンのやつはやたら無口だ。

さっき、ナツキが作ってくれたちらし寿司を食べているときから、そうだった。

シナボンの口数がひどく少なくなっている……。もちろん不機嫌なわけではない。

じっと何かを考えている……。もしかしたら、本人にとって、とても大切な何かについて考えているのかもしれない……。かけがえのないほど大切な何かについて……。

♪


海岸通りに、〈Over The Rainbow《オーバー・ザ・レインボー》〉が流れていた。

僕は、店のわきの駐車スペースに車を入れた。シナボンと一緒におりたところだった。

海岸通りを渡り、そっちに歩いていく。

道路から砂浜におりていく石段。二人の女の子が、海に向かい並んで座っていた。

後ろ姿でもわかる。涼夏と友達のタマちゃんだった。

かたわらには、紙皿とフォークがある。お土産のタルトを二人で食べたところらしい。

そして、涼夏はギターを弾きながら歌っていた。

僕が6弦をとっぱらってやったアコースティック・ギター。それを弾きながら、涼夏は歌っていた。

C……Em……F……Em……。

かなりコードは省略してある。けれど、それなりに弾き語りをしていた。かなり一生懸命に……。

涼夏が歌い、となりにいるタマちゃんがそれを聴いている。

冷えたミネラルウォーターのように澄み切った歌声……。僕とシナボンも、それに耳をすましていた。涼夏の髪が、海からの風に揺れている……。

やがて、〈Over The Rainbow〉が静かに終わった……。僕と、シナボンは、そっとその場を離れた。

「涼ちゃん、ギターそこそこ上達したじゃないか……」とシナボン。

「ああ、最近はよく練習してるよ」と僕。それは本当だった。最近の涼夏は、熱心にギターを弾いている。シナボンは、うなずいた。そして、涼夏の方を振り返る。

「それはそれとして、あんな澄んだ声、生まれてから聴いた事がないな……。天使の歌声ってやつか……」と、しみじみとした口調で言った。

そして、

「ほら、大学二年の夏休みにLA《ロス》に遊びに行っただろう？」とシナボン。

「そうだったなぁ……」と僕。西海岸に3週間ほど遊びに行ってきたシナボンは、僕やバンド仲間にアメリカらしいTシャツを買ってきてくれたのを思い出す。

「あそこでは、洒落たやつは、ロスを〈天使たちの街〉とか呼んでてさ……」とシナボン。

僕は、うなずいた。Los Angeles《ロス・アンジエルス》。それがスペイン語で、〈天使たち〉を意味するのは知っていた。

シナボンは葉山の空を見上げ、

「ロスの事はよくわからないけど、ここは本当に〈天使たちが住む町〉だな……」

とつぶやいた。どうやら、涼夏の事を天使にたとえているらしい。そして、〈天使たち〉と言った……そのもう一人が誰をさしているのか、僕にもわかってきていた。

真名瀬の砂浜から、小さな波音が、風にのって聞こえてきていた。

16　父と一緒に釣りをしていたあの頃……

「哲っちゃん、シナボン、頑張れ！」と涼夏。船の上から声をかけた。

火曜日。午後1時。僕らは、陽一郎が舵を握る漁船にいた。

森戸神社と沖の裕次郎《ゆうじろう》灯台の間に、小さな磯が点在している。ぽつぽつと海面に顔を出している磯。

そこに陽一郎の〈昭栄丸〉をつけ、サザエやアワビを獲ろうとしていた。

トクさんが、無事に退院した。なので、簡単な宴会をやろうという事になったのだ。

酒はトクさん本人が用意するという。そこで、僕らはサザエなどを獲ろうとしていた。

陽一郎が、船を磯につけた。そして、水中眼鏡をつけた僕とシナボンが海に入った。

そこは、背の立つ深さだ。

船の上にいる涼夏が、〈哲っちゃん、シナボン、頑張れ！〉声をかけた。僕とシナボンは〈まかせておけ！〉と右手の親指を立てた。僕らは、海の中を覗き込む。

夏の明るい陽射しが、水中に射し込んでいる。海藻のカジメが揺れている。小魚の群が視界を横切る。

僕らは、カジメをかきわけてサザエなどを探しはじめた……。ふと、中高生だった頃を思い出しながら……。

♪

「まずまずか……腕は落ちてなかったな」僕は、ポリバケツを覗いて言った。

午後4時。僕らは、真名瀬の港に戻った。いま、涼夏は店の二階の風呂場でシャワーを浴びている。

僕やシナボンは、ポリバケツの中を覗いた。サザエ、小さ目のアワビ、そしてトコブシがかなりの数……。宴会には充分だろう。

♪

「哲っちゃん、ちょっと……」と涼夏が言った。

彼女にかわって、僕がシャワーを浴びようとしたときだった。

「陽灼けしちゃった。これ塗ってくれる？」と涼夏。アロエを差し出した。

その涼夏は、バスタオルを体に巻いただけのスタイルだ。僕は、ドキリとした。けれど平静を装う。アロエを手にした。

今日、涼夏はワンピースの水着で船の上にいた。その肩のあたりは、かなり陽灼けしてしまっている。

僕はアロエのジェルを手にとる。

冷蔵庫に入っていたアロエは冷たかった。涼夏のすべすべした肩や肩甲骨のあたりに、それを塗りはじめた。

「ひゃっこくて、気持ちいい……」と涼夏が無邪気な声でつぶやいた。

その肩や肩甲骨のあたりは、細っそりとして、まだ傷つきやすさを感じさせる少女のものだった。僕は、壊れものに触れるように、そっとアロエを塗っていく……。

アロエと涼夏の青い香りが、夏の午後に漂っていた。

♪

薄青い煙が、海風にゆっくりと運ばれていく。ショウユの焦げる香りが、あたりに漂っている……。

鐙摺の岸壁。僕らとトクさんは、素朴な宴会をはじめていた。トクさんの退院を祝って……。

七輪に炭火を起こす。のんびりとサザエやトコブシを焼く。そして、缶ビールをゆっくりと飲む……。

かたわらにはナツキのラジカセが置いてあり、相変わらず少し間の抜けたビートルズが流れていた。

6時を過ぎているけれど、空や海にはまだまだ明るさが残っている。

ナツキが、焼き網にサザエやトコブシをのせる。火が通りはじめると、そこにショウユをたらす。焼けた貝の匂いと、ショウユの焦げる香りが鼻先をかすめていく……。

♪

飲み食いをはじめて、30分ほど過ぎたときだった。

トクさんが、なぜか、じっとシナボンを見ている……。そして、

「あんた、医者の息子だって言ってたよな……」とつぶやいた。シナボンが、缶ビール片手にうなずいた。

「で、ナツキに聞いたけど、苗字は品田？」とトクさん。また、シナボンがうなずいた。

トクさんは、シナボンをじっと見たまま、

「あんた、小さかった頃、うちの釣り船に乗った事があるんじゃないか？」と言った。

すると、シナボンがまた、ゆっくりとうなずいた。みんなが彼を見た。

♪

「やっぱり、そうか」とトクさん。「あの頃のあんたは、まだ小さかった。小学生にもなってなかったかな？」

「ああ……幼稚園に通っていた頃だね」シナボンが言った。

僕と陽一郎は、顔を見合わせた。僕らとシナボンが友達になったのは、小学生になってからだ。やつの幼稚園時代は知らない……。

「うちは、白ギスとかカワハギとか、小物ばかりやる釣り船だが、あんたたち親子はよく乗りにきたな……」

とトクさん。シナボンは、缶ビールを手にうなずき、

「親父が小物釣りを好きだったからね……。あの頃のことは忘れかけてたけど、彼女の事でこの港に来るようになって思い出してきたな……」とナツキを見てつぶやいた。

「そう、おれも思い出してきた。あれは、夏でキス釣りをしてたときだ。乗り合わせた客の1人が、釣り針を指に刺しちまった。が、あんたの親父さんがテキパキと手当てをしてくれた……。そのとき、外科の医者だと知ったんだ」

とトクさん。

「品田という名前も、小さな外科医院をやってるってのも、そのときに聞いたな……」

と言った。

〈小さな外科医院〉……。その言葉を聞いて、僕は思わずシナボンを見ていた。七輪の上のサザエにショウユをたらそうとしていたナツキも、手を止めた。

♪

サザエからこぼれたショウユが、七輪の炭に落ちて、ジュッという音をたてた。

シナボンは、焼けたトコブシを口に入れ、ビールを飲む。やがて、僕や陽一郎の方を見た。

「……その頃、うちの親父は横須賀で小ぢんまりとした外科医院をやってた。医者としての腕はいいと言われてたけど、なんせ知名度が低くて、はやらない医院だった……」

シナボンは苦笑いし、

「当時の親父は、あまり欲のない医者で、ここの釣り船で小物釣りに出るのが唯一の趣味だったな……」と言った。

「へえ……意外にも……」と陽一郎がつぶやいた。

「ああ……。そして家に帰ると、お袋が、釣ってきたキスを天ぷらにしたり、カワハギを煮付けにしたりして……」とシナボンがつぶやいた。心の中で、過ぎた日のページをめくっている表情……。

ナツキが、話を聞きながら、七輪の上に新しいトコブシをのせた。

「その頃、親父の医院がはやらないんで、看護師のお袋は仕事をしてた。給料のいい横浜の病院に勤務してた……」

♪

ラジカセから、〈In My Life《イン・マイ・ライフ》〉が低く流れている。

「……あれは、おれが6歳のときだった。その冬は寒くて、しかもタチの悪いインフルエンザが流行しはじめていた……」

とシナボン。3缶目のビールに口をつけた。

「……そんな11月の終わり、夜勤明けから帰ってきたお袋の様子がおかしくて、玄関で倒れた。高熱を出していて、呼吸困難にもなりかかっていた……」

「インフルエンザ?」と涼夏が訊いた。シナボンは、うなずいた。

「もともと、仕事で相当に無理をしてたんだ。家計のために、夜勤を人より多く引き受けてたらしい。疲労で免疫力がひどく落ちてたところに、インフルエンザに感染してしまった……」

「ワクチンは?」と陽一郎。

「その1週間前に打っていた。……けど、体内で抗体が充分に出来る前にインフルエンザに感染してしまったらしい……。救急病院に搬送したけど、急性の肺炎を併発して翌日の夜に息を引き取った……」

シナボンは、淡々とした口調で言った。つとめて感情を抑えているのがわかる……。

頭上では、チイチイというカモメの鳴き声がしていた。誰も口を開かなかった……。

♪

港を渡る風が、涼しくなってきていた。

七輪で燃えている炭火の色が、ナツキや涼夏の横顔を染めている。シナボンは、3缶目のビールを飲み干した。

「親父が変わったのは、お袋の死から1年が過ぎてから……おれが小学生になってからだった……」

「……お袋さんに無理をさせてた事への後悔？」と僕は訊いた。

「まあ、そういう思いだろうな……。自分に経済力がなかった事を憎んだとも思う。自分は、いったい何をやっていたんだと悔やんだとも思う。もともと、夫婦仲は良かったから……」

「……で、親父さんは、医者としても変わった？」と陽一郎。

シナボンは、うなずいた。

「銀行から融資をうけて、医院の改装をし、最新の医療機器を揃えた。まあ、ひとつの賭けに出たんだな……。おれが小学一年のときだ」

と言った。缶ビールに口をつけた。

♪

空は、ブルーから紺に色を変えはじめていた。

厚木《あつぎ》の米軍基地に向かう軍用機の赤い航行灯が、点滅しながら左から右へゆっくりと動いていく。

「そんな事があったのか……」とトクさん。

「あるときから、あんたたち親子が釣り船に乗りに来なくなったのは少し気になってたが……」とつぶやいた。

「その頃の親父は、釣りどころじゃなく、とにかく医院の経営に没頭してた。なんか、鬼気《きき》迫るって感じで……」とシナボン。

「そして、おれが小学校三年のとき、有名なサッカー選手を怪我から復帰させた事で、医院の名前は一気に知れ渡って……」

と言った。僕と陽一郎は、うなずいた。僕らがシナボンとよく口をきくようになったのは、ちょうどその頃だった。すでに、シナボンは金持ちの息子っぽかった……。

七輪からは、薄青い煙が立ち昇《のぼ》っている。ひんやりとしてきた海風が、僕らの頬をなでていく。

ナツキのラジカセからは、〈The Long And Winding Road《ザ・ロング・アンド・ワインディング・ロード》〉が低く流れていた。

17　僕らの前には、ワインディング・ロード

グスッという鼻声が聞こえた。

僕と涼夏は、鐙摺の港から一色にある楽器店に帰ろうとしていた。

その間にある森戸海岸の長い砂浜をゆっくりと歩いていた。

夜空には、満月に近い月が出ている。とはいえ、足元は暗い。眼がよくない涼夏は、僕の左腕に両手でつかまって歩いている。

歩きはじめて2、3分。グスッという鼻声。そして、涼夏は泣きはじめた。泣きながら、

「……シナボンにそんな事があったなんて……」と鼻声でつぶやいた。僕は、うなずく。

「ああ……驚いたな……」と言った。初めて聞いた事だった。

同時に思っていた。やつの親父さんは、いま大繁盛している医院の院長。最新の医療機器を使い、最新の治療をする。もちろん、高額な治療費をとって……。そんな親父さんのいまのやり方に、シナボンは違和感を覚えているようだった。

だから、あえてウクレレという素朴な楽器を使って、ナツキのリハビリをする事にチャレンジしている……。やつをただのボンボンだと思っていた僕には、それが少し意外に感じられていた。

けれど、さっきの話を聞いて、その理由が、かなりわかった気がした。

シナボンにとっては、小物釣りだけが趣味だった親父さんとの思い出が、砂浜で見つけたビーチグラスのように輝いた瞬間だったのでは……。

そして、シナボンの心の中では、それが親父さん本来の姿なのではないのか……。たとえ金持ちでなくても、家族三人で過ごした幸せな日々の記憶とともに……。

悲しい事に、過ぎた時間はもう巻き戻す事が出来ないのだけれど……。


♪

雲が切れ、月明かりが海面を照らす。凪いだ海は、ステンレスのように輝いている。

「……寂しい事だけど、大切な誰かを失いながらも、おれたちは歩いていかなきゃならないらしい……」

僕は、つぶやいた。涼夏が、小さくうなずいた。

僕の母は、売れないミュージシャンの父と家庭を捨てて去った。残された父は、事故でこの世を去った。

涼夏の両親は、彼女を置き去りにして、ニューヨークに移り住んだ……。

ナツキは生後すぐに母を失い、昨年、父を事故で亡くした。

みな旅立っていった……。そして、シナボンのお母さんは、彼が5歳のときに天国へ……。

「……悲しい……」と涼夏。鼻にかかった声でつぶやいた。そして、

「お母さんが死んでしまったとき、シナボンは泣いたのかなあ……」

「そりゃ、5歳の子供だから泣いただろう……」

「でも、さっきのシナボンは、サラリとそれを話してた。それって、時間が過ぎたから？」

と涼夏。僕は、しばらく考える……。

「時間が過ぎたからといって、悲しみが薄れる訳じゃないと思う」

「それじゃ……」と涼夏。また僕はしばらく無言。

「一人前の大人になるって、泣きたいときにでも、なんとか我慢できる事かもしれないなあ……」と言った。今度は涼夏が、しばらく考えている。

「……お父さんのお葬式のとき、哲っちゃん、泣かなかったね……。それって、我慢できたから？」と訊いた。

僕は、かすかにうなずいた。

「これから先、泣きたい事なんて山ほどあると思う。でも、少しずつでも強くならなくちゃって気がするし……」とつぶやいた。

〈強くならなくちゃ、お前を守れないから〉の一言は、さすがに照れて口にしなかった。

さっき岸壁に流れていた〈The Long And Winding Road〉……。長く曲がりくねった道……。そんな道を、僕らは歩きはじめたばかりなのだから……。その事を胸の中でつぶやいていた。

僕は、立ち止まる。ジーンズのポケットから、たたんだバンダナを出した。涙で濡れている涼夏の頬をそっと拭いてやる……。涼夏は顔を少し上に向け、目を閉じている。

何かを祈るように……。

月明かりが、その顔を淡く照らしている。

かすかな海風。揺れる涼夏の前髪……。さざ波が、森戸海岸の砂浜をリズミカルに洗っていた。

♪

ポロン、と丸い音が響いた。

「あ……」ウクレレを手にしたナツキが、思わずつぶやいた。

午後3時過ぎ。うちの店。ウクレレを使ったリハビリをやっているところだった。

左手の中指で、1弦の3フレット目を押さえる……。

その一カ所を一本の指先で押さえれば、Cのコードが弾けるのだ。

シナボンは、それをナツキにトライさせていた。

けれど、なかなか上手くはいかなかった……。ナツキの中指が、弦のその一カ所を押さえられないのだ。

やはり、事故の後遺症なのか、ナツキの指先が正確に弦を押さえられないでいたのだ。

それが、今日で7回目になる練習で、初めて押さえられた。1弦が、ポロンと乾いた音を立てた……。フェンダーの修理をしていた僕も、中古CDの整理をしていた涼夏も、手を止めてナツキの方を見た。

「あっ、鳴った……」またナツキがつぶやいた。

「もう1回、やってみて」とシナボン。

ナツキは、また左手の中指で1弦を押さえる。右手の人差し指でその1弦を弾いた。また、丸い音が響いた。

「一歩前進だな……」とシナボンがつぶやいた。


♪


その10分後。僕と涼夏は、店から出た。涼夏は、店の前にあるベンチに腰かけペットボトルの烏龍茶を飲みはじめた。

店の中では、ナツキがウクレレを弾き、シナボンが手とり足とりにアドバイスしている。

そんな二人がいい感じなので、僕と涼夏は目で合図をして店を出たのだ。二人に気をきかせたとも言える。

見渡す真名瀬の港。海面には、夏の陽射しが反射している。空も、もう夏の色……。

小型の漁船が漁を終えて港に戻って来るのが見えた。カモメが5、6羽、漁船を追いかけている。漁船から落ちるおこぼれの小魚を期待しているのだ。

僕らは、そんな初夏の海を眺めていた。やがて、シナボンが店から出てきた。

「調子がよくなってきたな」と僕。

「ああ、もう少し頑張れば、Cのコードが弾けるようになる……。いまが、大切なところだな」とシナボン。

「なので、明日も店で練習していいか？」と訊いた。

「もちろん」と僕。もともと暇な店だ。その片隅を使うのに、何の問題もない。

そのとき、着信音。シナボンが、ポケットからスマートフォンを出した。かけてきた相手を確かめ話しはじめた。

「明日？　磯子《いそご》カントリーの予約がとれた？」と訊き返している。どうやら、美由紀からゴルフの誘いらしい。

「お父さんも一緒にか……」とシナボン。美由紀が何か話す……。

「残念だけど、明日は、外せない実習があるから、ゴルフはちょっと無理だな……」と言った。そして、

「じゃ、お父さんに、よろしく」と言い通話を切った。

♪

「明日は実習？」僕はシナボンに訊いた。

シナボンのやつが、最近では美由紀とのゴルフに乗り気ではない。それは、もう気づいていたけれど……。

「そう、実習さ」とシナボン。店を振り返った。ガラスの向こう、店内ではナツキがウクレレを手に練習している。その横顔が真剣だ。

「このウクレレを使ったシンプルなリハビリが成功したら、おれにとっても大きな自信になる」とシナボン。

「医者の卵としての？」僕が訊くと、

「まあ……」と言った。

いまシナボンが言った言葉に嘘はないのだろう。けれど、あえて語っていない事があ

ると僕は思った。

それは、ナツキへの想いだ。彼女の障害をなんとか治療したいから……。彼女をなんとか助けたいから……。

それは、あえて僕らの前では口に出さないようにしているようだ。そこに突っ込むほど、僕も野暮ではない。

僕らは、無言で遅い午後の海を眺めていた。

店内からは、ときどきウクレレの弦を弾くポロンと丸い音が聞こえていた。まだ自信なさげな音色だけれど……。


♪


電話がきたのは2日後。プロデューサーの麻田からだった。

「山崎唯ちゃんの件で、ちょっと相談があるんだ。もちろん彼女も含め、一緒に会いたいんだが」と麻田。僕はうなずいた。

「で、いつ？」

「明後日《あさって》は？」

「大丈夫だけど……会社で？」

「いや、会社で打ち合わせをしていると情報が漏れやすいから、別のところにしよう」

と麻田。横浜にあるホテルに来てくれと言った。


♪


2日後。午後4時。僕は、ホテルのロビーに入っていった。

横浜港を見渡す高層ホテル。その広いロビー。入っていくと、唯がソファーから立ち上がって微笑した。僕らは、そのままエレベーターに向かう。麻田からは、12階の部屋に来てくれと言われている。

12階の1277号室。ノックするとすぐにドアが開いて、麻田が顔を見せた。相変わらずスーツ姿だった。

「やあ」と麻田。「入ってくれ」と言った。

かなり広い部屋だった。デスクの上には、パソコンや資料らしいものがある。

そのかたわらには、食べかけのサンドイッチがある。どうやらルームサービスのものらしい。

麻田は、少し苦笑して肩をすくめた。

「いまは、ここが我が家なものでね」と言った。

僕は、麻田を見た。この前スタジオでは、〈私にも十代の娘がいてね〉と口にしていた。という事は、彼には家庭があるはず……。

「仕事に熱中しすぎて、家を追い出されたとか？」と僕。麻田は、苦笑いしたまま。

「まあ、当たらずとも遠からず。いま、離婚調停《りこんちょうてい》の最中なんだ」

18　デベソでロックンロール

僕と唯は、顔を見合わせた。とっさに反応出来なかったのだ。

麻田が、〈いま、家のリフォームをしててね〉というような軽い調子で〈離婚調停中〉と口にしたからだ。

僕が、あえてその事を言うと、麻田は軽く苦笑い。

「まあ、離婚調停も家のリフォームも、似たようなものかもしれないな……」サラリと言ってのけた。

部屋の隅に、段ボール箱がある。そこには、トロフィーや盾《たて》のような物がいくつも入っている。麻田が音楽業界の仕事で獲得してきたものらしい。

彼は、それにちらりと視線を送った。

「妻、いや元妻になりつつある彼女が、見たくもないというので、家から運び出した」と言った。トロフィーも盾も、いかにも雑に段ボール箱に突っ込んだ感じだった。麻田は、それをちらりと見て、

「まあ、こんな物は過去の遺物だ。大事なのは、これからだ」と言った。

♪

「ライバル？」

僕は、訊き返した。麻田はグラスを手に、

「まあ、あえて言うなら、唯ちゃんのライバルが出現したって事かな」と言った。

広い窓の外に、横浜港が広がっている。もう、陽はかなり傾いてきている。見下ろす海面は、夏蜜柑《なつみかん》のような色に染まっている。

麻田は、スーツの上着を脱ぐ。ネクタイをゆるめる。部屋にあるバーで飲み物を作りはじめた。自分と僕には、ウオッカ・トニック。唯には、本人の希望でカンパリ・ソーダ……。

「アメリカの支社からきた資料だ」と麻田。プリントアウトした用紙を僕らに渡した。

僕は、それに目を走らせる。

〈竹田真希子《たけだまきこ》。東京生まれ。22歳〉

〈小学生の頃からピアノをはじめ、中学時代から、洋楽、特にロックにのめり込む〉

〈高校時代にはアマチュア・バンドを組む（キーボード&ヴォーカル）〉

〈高校卒業後、USC（南カリフォルニア大学）に留学〉

〈USCでは映像を専攻しながら、LAで音楽活動をはじめる〉

〈現在、週末にはLAのラ・シエネガ大通り《ブルバード》にあるライヴハウスで演奏をしている〉

〈アメリカの音楽仲間たちからは、真希子からきたニックネーム「MAKIE《マッキー》」で呼ばれているという〉

そんな資料だった。

「この彼女が？」と僕は麻田に訊いた。

「〈ZOO《ズー》〉が彼女に目をつけて、日本でデビューさせる計画があるらしい」と麻田。

〈ZOO〉……。僕は、胸の中でつぶやいた。そこは、麻田の〈ブルー・エッジ〉と対抗する力を持っているレーベルだ。

〈ブルー・エッジ〉と〈ZOO〉が、いまの日本でポップスとロックを送り出している二大メジャーとも言える。


♪


「で、その子はどんな曲を？」僕が訊いた。

「まあ、見てみよう」と麻田。部屋の隅にあるテレビのモニターをスイッチ、ON。

「アメリカ支社の社員がスマートフォンで撮った映像だから画質は悪いけどね」と言った。

液晶画面に映像が流れはじめた。

ライヴハウスらしい会場。そこそこ広いステージで、演奏をしている。ステージ中央、立ったままキーボードを弾きながら歌っている若い女……。

「これがマッキー？」と僕。

「そうらしい」と麻田。唯も、その画面を見つめた。

ややハーフっぽい顔立ち。肩までかかる髪の一部は、濃いパープルに染めている。

バックバンドの、ギター、ベース、ドラムス、みんな白人の男だった。

彼女は、キーボードに指を走らせながら歌っている。かなりアップテンポの曲。

「デュア・リパ……」と唯がつぶやき、僕もうなずいた。

イギリス出身の人気シンガー、D《デュア》・リパの曲だった。真希子という日本人の彼女は、音圧が高い、いわゆるパワフルなヴォーカルをきかせていた。

ローズ・レッドのタンクトップは短く、気前よくヘソを見せている。穿《は》いているのは、ぴっちりとしたブラック・ジーンズ。その雰囲気は、すでにプロのミュージシャンだ。

英語の発音も、こなれている。所どころ、キーボードに指を走らせ速弾きをする。そのたびに横顔にかかったパープルの髪が揺れる。

僕は、ちょっと苦笑し、

「マッキー、ちょっとデベソだが、なかなか派手なパフォーマンスだな……」とつぶやいた。麻田もうなずき、かすかに苦笑した。

「欧米人にとって、多少のデベソはセクシーに見えるという説があるが、まあそれは置いておこう」と言った。

やがて、D・リパのナンバーが終わる。観客席からかなりの拍手と歓声。彼女は、ネイティブのように流暢《りゅうちょう》な英語で、さらりとMCをひとこと……。「ありがとう……。つぎの曲はわたしのオリジナル曲で〈タッチ・ミー・ナウ〉をお送りします」と言った。バックバンドをちらりと振り返る。そして、彼女の指が、鍵盤の上を走る。

速いテンポで、Em……Am……B7のイントロが2小節……。そしてGコードで、ギター、ベース、ドラムスが入ってくる。

彼女は、またアップテンポな曲を歌いはじめる。ノリのいい最前列の客たちは、拳《こぶし》を突き上げている。

ロックとポップスの境目《さかいめ》などないのだけれど、彼女の曲はロック色の強いポップスという感じだ。いまどきの曲の傾向で、セクシーさも意識したナンバーだった。

「この子を、〈ZOO〉がデビューさせる?」と僕。

「もう、仮契約はすませたという噂も流れている」と麻田。僕は、ウオッカ・トニックに口をつける。

「でも、このマッキーが唯のライバルになりそうな気はしないけど……」とつぶやいた。単純にたとえれば、〈唯は静〉、〈マッキーは動〉という感じだ。

麻田は、小さくうなずく。

「……ライバルにならないとも言えるし、なりそうだとも言える」


♪


横浜港から、船のホーンがかすかに聞こえた。

「音楽ファンにもいろいろいてね。中には、ミュージシャンを表面的にしかとらえない連中も多い」と麻田。持っているウオッカ・トニックのグラスを見た。

そして、唯が手にしているウオッカ・トニックに視線を送る。

「ウオッカ・トニックもカンパリ・ソーダも、ただのカクテルにしか見えないという人はいるだろう」と言った。

「それと同じさ。唯ちゃんもそのマッキーも、アメリカに留学した22歳の日本人女性。ピアノやキーボード、つまり鍵盤を弾きながら、自分のオリジナル曲を歌うシンガーソングライター……。そんな表面的な共通点しか目につかない音楽ファンは多いだろうな」麻田は言った。

僕は、軽くうなずいた。そこそこ当たっている……。

「だから、そのマッキーがライバルになると？」と僕。「そうなる可能性はある。しかも……」と浅田。

「しかも？」

「あまり面白くないデータがある」と麻田が言った。

♪

麻田は、新しいウオッカ・トニックを作りながら、

「ミュージシャンがデビューするとき、アップテンポの曲がヒットする確率が高いという昔からのデータがある」と言った。そして、

「あのビートルズでさえ」とつけ加えてた。

僕も、うなずいた。ビートルズ初期のヒット曲〈She Loves You《シー・ラヴズ・ユー》〉などを思い浮かべる。

あのバラード〈Yesterday《イエスタディ》〉が発表されたのは、彼らの人気が定着してからだ。

「じゃ、そのマッキーはたぶんアップテンポの曲でデビューする？」と僕。麻田は、うなずく。

「たぶん、そうだろう。彼女のライヴを1時間ほど観たうちの社員によると、歌った曲のほとんどがアップテンポのロック系ポップスだったという。本人も、そういうナンバーが得意なんだろうな……」

と言った。ウオッカ・トニックをひと口。

「ミュージシャンのデビュー曲が多くの人の耳に届くのは、以前なら主にFMなど、いまならネット上での配信だ」と言った。

「そこで目立つのは、やはりアップテンポでノリがいい曲という事になる……。そこで、唯ちゃんの〈マンハッタン・リバー〉……。あれは、スロー・バラードだよね」

唯が、うなずいた。

麻田は、グラスに口をつけ、

「孤独と希望を歌った〈マンハッタン・リバー〉は心に響くいい曲だと思う。けれど、新人のデビュー曲にしてはスローで地味過ぎないか、そんな声が社内会議で出てね」と言った。さらに、

「しかも、ライバルになり得るマッキーが、アップテンポの派手な曲でデビューするとなると、そっちにばかり音楽ファンの注目が集まらないかと心配する声も上がってい

る」

「競争に負けるかもしれないと？」僕は口にした。

「音楽はスポーツと違って、勝ち負けじゃない。けれど、ＣＤセールスや配信サービスの再生回数は誰しも気にするものでね」麻田が言った。

「しかも、〈ＺＯＯ〉とうちは、もう20年にわたってＣＤセールスや音楽配信サービスの再生回数を競ってきたからね。〈ブルー・エッジ〉社内でも、あそこだけには負けられないという空気はあるよ」

かすかに苦笑しながら、麻田は言った。

「で？」と僕。

19　Cが弾けた

「そこで、社内では〈マンハッタン・リバー〉のテンポをもう少し上げられないかという声も聞こえている。15とか20上げられないかと……」麻田は言った。

楽曲のテンポは、数字であらわされる。

四分音符（♩）を1分間（60秒）にいくつ刻むかという数字だ。

〈♩=60〉となっていたら、かなりスローなバラード。

僕がやった事のあるナンバーだと、イーグルスの〈Desperado《デスペラード》〉が最もスローで、この〈テンポ60〉だ。

同じイーグルスでも、〈Hotel California《ホテル・カリフォルニア》〉は少しテンポが速く、74。

さらに、100前後になるとかなりアップテンポ。

E・クラプトンのコンサートで、セットリスト（演奏曲目リスト）にテンポが走り書きされている映像を見た事がある。ラストにやる軽快な〈Crossroads《クロスロード》〉は、テンポが110だった。

俗にロックと言われるナンバーの多くが100から150あたりのテンポだろう。

さっき映像で観たマッキーのオリジナル曲も、テンポ130ぐらいだった……。

♪

「で、唯ちゃんのバラード〈マンハッタン・リバー〉は、オリジナルのスコアによると〈テンポ65〉だね」と麻田が言った。唯は、うなずいた。

「それを、テンポアップしろと？」僕は訊いた。麻田は、首を横に振って、

「しろというわけではなくて、提案だね。もし可能なら、85ぐらいまで上げて、少しノリのいい曲に出来ないかという意見が会議で出た。ただし、それを決めるのは君たちだ」と唯と僕に言った。

「君たち？」と僕は麻田に訊いた。

あの〈マンハッタン・リバー〉は、唯が作った曲だ。そのテンポは、唯本人が決める

のが自然だろう……。僕がそれを言うと、

「いや、哲也君も一緒に考えてくれ」と麻田。

「その理由は2つある」と言って僕を見た。

「君はギタリストとしての腕も一流だが、見ていると、作曲や編曲の才能も確かだと私はにらんでいる。そして、理由の2は、唯ちゃんが哲也君のそんな力を信頼してるから……。違うかな？」

麻田は、そう言いながら唯を見た。唯が、ゆっくり、しかしはっきりとうなずいた。

「オーケー。それじゃ、話は決まった。二人でいろいろトライして、3週間ぐらいで答えを出してくれ」

微笑しながら、麻田が言った。窓から入る夕陽が、彼の持っているグラスに光っている。


♪

「ところで、若いプロデューサーの横井さんは？」と唯が訊いた。麻田は、新しいウオッカ・トニックを作りながら、

「辞めたよ」と言った。

「辞めた？」さすがに驚いた表情……。

「あんたがクビにしたとか？」と唯。僕は麻田に言った。彼は苦笑いして、首を横に振る。

「本人が勝手に辞めたんだ。〈マンハッタン・リバー〉のリハーサルをやったあの翌週だ。メールで会社に辞表を送りつけてきたよ」

と麻田。相変わらず苦笑しながら、

「あいつはコネ入社なんだ。親父がちょっとは名の知れたサックス奏者でね……。うちで仕事をしてもらった事もある。まあ、それだけのコネなんだが、いまどきの若いやつとはいえ、メールで辞表とはね……」とつぶやいた。

「で、彼はその後？」僕は訊いてみた。

「業界関係者の誰かと会っているところを、つい最近うちの社員が見かけたとか……。まあ、またどこかの音楽出版社にでももぐり込むのかもしれない」と麻田。

新しいグラスに口をつけ、「もう、顔も忘れかけてるよ」とつぶやいた。

黄昏の横浜港。高層ホテルやビルの明かりが、海面に映り、揺れはじめていた……。

♪

「なんとかならないか、哲也《てつ》」とシナボンが僕に言った。

午後2時。うちの店。あと1時間でナツキがやってくる。そして、ウクレレのリハビリ練習をやる予定になっていた。

練習は少しずつ成果を上げ、ナツキは1弦の3フレット目をなんとか押さえられるようになった。けれど、まだ不安定。4本の弦を同時に弾こうとすると、1弦を押さえた中指がずれてしまう……。そこで、

「なんとかならないか」とシナボンが言ったのだ。そして、

「楽器屋さんなんだから」と……。僕は苦笑い。しばらく考える。

「弦高をもう少し下げてみるか……」と言った。

〈弦高を下げる〉とは弦とフレットの間隔を少しせばめる事……。そうすれば、かなり弦は押さえやすくなるはずだ。

「出来るか？」とシナボン。「あと1時間で……」と言った。

「まあ、やってみるよ」と僕。工具を取り出した。手を動かしはじめた。眼の悪い涼夏

が顔を近づけて僕の作業を見ている。

♪

「こんなものかな……」と僕。仕上がったウクレレをシナボンに渡した。弦高を少し下げ、弦を張り直したところだ。シナボンは、それをさらりと弾いてみる。大きくうなずいた。

「やるもんだな……」とつぶやいた。そして、「お前のすごいところはさ……」と言いかけた。そこで、ナツキが店に入ってきて、会話はとぎれた。

♪

「弾けた……」とナツキがつぶやいた。

その日の練習をはじめて30分後。彼女がCのコードを弾いたのだ。

左の中指で1弦を押さえ、右の指で4本の弦を弾いた。張りがあり丸い和音が、店に響いた。「できた……」とナツキ。その頰が、少し紅潮している。

「よくやった」とシナボン。彼女の肩を軽く叩いた。

さらに、練習を30分……。ナツキはさらに上達していく。

その表情から、不安の色が消えはじめている。右手でストローク。4本の弦を弾く。きれいにCのコードが鳴りはじめている。

問題の左中指は、しっかりと1弦を押さえている。

ウクレレを弾いているナツキの表情にいまは明るさが感じられる。楽器を弾く楽しさを感じはじめたようだ。シナボンがいつか言っていたドーパミンが出ているのかもしれない……。Cのコードが、リズミカルに響き続ける……。

シナボンと僕は、顔を見合わせ、拳《こぶし》と拳を軽く合わせた。


♪


空が黄昏の色に染まりはじめていた。雲は、スモークサーモンのような色……。その上空には、青さが残っている。

二人で晩飯を食べに行くというシナボンとナツキを見送った。僕と涼夏は、店の前の砂浜をゆっくりと歩いていた。

頭上では、カモメが3羽、涼しくなりかけた風に漂っている。

「さっき、シナボンが言いかけたよね……」と涼夏。「哲っちゃんに、〈お前のすごいところはさ〉って……」

僕は、うなずいた。

「あの続きを言うとね」と涼夏。「哲っちゃんのすごいとこって、難しい事をサラリとやってのけて、自慢げな顔なんてしないとこなんだ……」とつぶやいた。さらに、「世の中、自慢たらしい人がたくさんいるから……」と言った。

僕はしばらく苦笑していた。そして、

「生まれつき、謙虚なんだ」と冗談半分に言った。涼夏が、小さく笑い声を上げた。やがて、

「そういう哲っちゃん、好き……」と言い。両手で僕の左腕に抱きついてきた。いやでも彼女の小さな胸のふくらみと体温を感じる……。

黄昏の砂浜に人の姿はない。やがて、涼夏の頭が僕の肩にもたれかかる……。ふり向けば、顔と顔がすぐ近くにある。微妙な雰囲気……。

♪

「……そう言えば、お前、少しデベソだったよなぁ……」僕はポツリと言った。

「え……。そうだけど、なんで知ってるの……」と涼夏。

「だって、小さかった頃、風呂場で体洗ってやったの、覚えてないのか？」と僕。

子供の頃から、夏になると涼夏はうちに泊まり続けていた。そして、毎日のように海に入って遊んでいた。

そんな涼夏が、幼稚園児だった5、6歳の頃までのこと、僕はこの子の体を洗ってやっていた。

一日中海で遊んできたので、砂だらけだ。水着を脱いでも、体中に砂がへばりついている。僕は、風呂場で涼夏の体をシャワーで洗い、砂を落としてやったものだった。その頃の涼夏は、キャッキャとよく笑う活発な子供だった。

「そうだった……」と涼夏。少し思い出したらしい。

その頃、まだ幼児体型だった涼夏が少しだけデベソだったのを僕は覚えている。

いまもそれが気になるのか……そこまではわからないが、涼夏はワンピースの水着しか身につけない。

「でもさ……多少のデベソって、欧米だとセクシーって事になってるんだって」と僕。

この前、麻田から聞いた事を話した。

「へえ、そうなんだ……」と涼夏。素直にうなずいている。

「でも……ちょっと恥ずかしいなぁ……哲っちゃんと一緒にシャワー浴びてたなんて……」と言った。

「恥ずかしいも何もないぜ。ガキだったあの頃、お前何したのか覚えてないだろう」

「え？　何したの？」と涼夏。

「あれは、確かお前が3歳か4歳のときだよ」

その日も一日中海で遊んだ僕らは、風呂場で一緒にシャワーを浴びていた。

「そのときお前さ、〈これ何？〉って言って、無邪気に笑いながらおれのポコチンを引っぱったんだぜ」僕は言った。

涼夏は、絶句してる。

20　もしかして、朝帰り

「本当!?」と涼夏は口を半開き。僕はうなずいた。

「それまで母さんと風呂に入ってたらしいから、初めて見たんだろうな」

そのときの涼夏は、まだ小さな子供だった。不思議そうな顔で、すぐ目の前にある僕のそこを見た。そして、キャッキャとはしゃいだ声で、

「何これ？」と言い、引っぱったのだ。

「まったくもう……」苦笑いしながら、僕は言った。

「やだ！」と涼夏。両手で顔を隠した。

僕は、ふと思った。

僕と涼夏の間の恋愛感情は、日に日に色濃くなっている。いずれ一線をこえてしまい

そうなほど……。

けれど、従妹である事も含め、彼女とそこまでいってしまう事へのためらいがある。

涼夏に、いつまでもあどけない少女でいて欲しい……いつまでも可愛い妹のような存在でいて欲しいという複雑な思いもある。

だから、あえて子供だった頃の笑える話をしたのかもしれない……。

暮れていく海と空を見つめて、僕はそんな事を思っていた。さざ波が、リズミカルに砂浜を洗っている。空に、きょう最初の星が出ている……。

♪

「鯛釣りに？」僕はシナボンに訊き返した。

ナツキがCコードを弾けた4日後だった。シナボンから電話がきた。

「ナツキが、鯛釣りをやってみようかなと言ってるんだ」

利き手の左、その中指でウクレレの弦をしっかりと押さえられるようになった。指先の感覚がやっと戻りはじめた。それは確かなようだ。

「それなら、釣りをやってみてもいいんじゃないか」と僕。「で、彼女の船で？」

「いや、彼女は釣りに集中したいらしい。なんで、陽一郎の船を出してくれないかなと思ってさ」とシナボン。

「ああ、わかった。陽一郎に言っとくよ。たぶん大丈夫だ」と僕。

♪

「あ、気圧が下がってきた……」と涼夏がつぶやいた。

この子は、視力が弱い分、ほかの感覚は超がつくほど敏感だ。いまも、耳の感覚で、気圧が下がってきたのを感じとっているらしい。

午前11時。陽一郎が舵を握る昭栄丸がエンジンをかけたところだった。

「確かに、天気は下り坂だな」と陽一郎もつぶやいた。

かなり勢力の強い熱帯性低気圧が関東地方に接近してきているのだ。

「いまは晴れてるけど、夕方からは、やばいな」と陽一郎。「だけど、大物釣りのチャンスではある」と言った。

僕もうなずいた。低気圧が接近して、もうすぐ海が荒れる。その前は釣りのチャンス……。

どうやら、魚たちも気圧が下がってくるのを感じるらしい。

気圧が下がり海が荒れると、しばらくは餌を捕食できなくなる。なので、その前に魚たちはガツガツと餌を食おうとする。

漁師たちが〈荒喰《あらぐ》い〉と呼ぶのが、それだ。

真名瀬の港を出て15分後。昭栄丸は鐙摺の岸壁に着岸した。ナツキは、準備をして待っていた。シナボンと僕が手を貸して、彼女の釣り道具を船に積み込む……。


♪


「このあたりかな……」と陽一郎。魚探とGPSを見ながら、船のスピードを落とした。

出港して20分の葉山沖だ。

ナツキも、操船席に行く。GPSで現在地を確かめ、魚探で海底の形状を見る。

水深58メートル。砂地に根が点在している。ナツキはうなずいた。鯛釣りのいいポイントに来たらしい。

「やってみるわ」と言った。

陽一郎が船のスピードを完全に落とした。ナツキが、仕掛けを取り出した。

それは、シンプルなものだった。

黒く細い道糸。その先に、三日月の形をしたオモリ。そこから先、3メートルほどの透明なハリスと釣り針。

漁師が〈テンヤ仕掛け〉と呼ぶものだ。

ナツキは、餌のオキアミを釣り針に刺す。そして、海に入れた。

オモリや餌が、海中に沈んでいく……。ナツキは、道糸をどんどん出していく……。

やがて、オモリが海底に着いたらしい。

彼女は、少し道糸をたぐった。糸が、ピンと張る。

ナツキは、左手の指でピンと張った道糸を持つ。魚の当たりを待ちはじめた。その横顔が緊張しているのがわかる。

事故に遭ってから初めての釣りなのだから当然だろう……。

海面には、もう真夏を感じさせる陽射しが照り返している。僕、シナボン、そして涼夏は、彼女の指先をじっと見ていた。


♪

「あ……」とナツキがつぶやいた。

仕掛けを入れて20分。魚が餌を突《つつ》いているのだろうか……。彼女は、道糸を持った指先に神経を集中している様子だ。

その5秒後。彼女の手が素早く動いた！　左手で道糸をしゃくり上げた。けれど、

「ダメだ……」とつぶやいた。魚は、かからなかったらしい。

彼女が道糸をたぐると、餌を取られたカラの釣り針が、むなしく上がってきた。

♪

それの繰り返しだった。

魚の当たりはあるようだ。けれど、釣れない。ナツキの指先の感覚は完全には回復していないらしい。魚が餌に喰いついた瞬間の当たりがとれないようだ。

3時過ぎ。

「そろそろ、やばくなってきたな」と操船している陽一郎がつぶやいた。

僕にもわかった。風が強くなりはじめていた。北寄りの風で、海面に白波が立ちはじめてきた。低気圧が接近してきているのだ。

「そろそろ上がろう」と陽一郎。ナツキがうなずいた。仕掛けを片付けはじめる……。

♪

「お前、一緒にいてやった方がいいんじゃないか？」

僕はシナボンに言った。舟を鐙摺の岸壁に着岸させたところだった。

ナツキは、「ありがとう」と小声で言う。仕掛けの入った道具箱を持って岸壁に上がって行く。僕はシナボンの耳元で、

「一緒にいてやれよ」と言った。ナツキが、かなり落ち込んだ表情をしているからだ。

3時間も仕掛けを下ろして、1匹の魚も釣れなかった。落ち込んで当然だろう。

その後ろ姿……。肩が小刻みに震えているように見えた。もしかしたら、涙ぐんでいる……。

「わかった……」とシナボン。岸壁に上がる。ナツキと肩を並べて歩きはじめた。

♪

「やばかったな」と陽一郎。船の舫いロープを結びながら言った。

鐙摺でナツキとシナボンをおろした。そして、真名瀬の港に船で戻ってきたところだった。海は、かなり荒れはじめていた。晴れていた空にも、灰色の雲が広がりはじめている。すぐに雨が降ってきそうだ。

僕と涼夏は、家に向かって小走り。店の入口にたどり着いたとたん、ザッと大粒の雨が降りはじめた。


♪


雨粒が、窓ガラスを連打した。スネア・ドラムを激しく叩くような音が続く……。

夜中の2時過ぎ。低気圧による風雨がピークに達しているようだ。

うとうとしていた僕は、ベッドで起き上がる。雨粒が窓を叩き、風が安普請《やすぶしん》の家を揺らしている、
目が覚めてしまった……。しょうがない……。僕はベッドから出た。ゆっくりと一階の店におりる。

あの唯の〈マンハッタン・リバー〉のスコアを出す。プロデューサーの麻田からの提案、〈もう少しテンポを速くできないか……〉。それを、やってみる事にした。

夜中なので、アコースティック・ギターを手にした。電子《デジタル》メトロノームも久しぶりに出した。

まず、テンポ65にメトロノームをセットした。唯がこの曲を書いたときのオリジナルのテンポだ。

小さな光がゆっくりと左右に振れ、カチッ、カチッという信号音が鳴る……。

そのテンポ65で、〈マンハッタン・リバー〉のコードを弾く。ゆったりと……。

C……C_7……F……D_m……そして、メロディーを軽く口ずさむ……。

♪

テンポ65でしばらくやり、そしてテンポを85に上げてセットしてみた。〈ホテル・カリフォルニア〉などよりだいぶ速いテンポ……。

それで、弾いてみる。同時に、口ずさみはじめる。1コーラス、2コーラス……。

そのときだった。人の気配……。

ふり向くと、涼夏がいた。だぶっとしたTシャツは、いつもの寝巻き。そして両手で枕を持っている。半分は寝ぼけているようだ……。

「雨風がうるさくて、眠れないのか」と言うと、うなずいた。

「ちょっと怖いから、哲っちゃんと一緒に寝ようと思って行ったら、ベッドが空で……」と涼夏。その眼がうるんでいる。

「哲っちゃんが、どっかに行っちゃったのかと思って……」と涼夏が涙声で言った。

僕は、胸の中でうなずいた。

涼夏の家族は、この子を置いてニューヨークに移り住んだ。その彼女にとっては、僕にも置き去りにされはしないかという恐れが心の隅《すみ》にあり、そんな思いに襲われてしまったようだ……。

僕はギターを置いた。微笑し、

「そんな心配しなくていいさ」と言い、涼夏を軽く抱きしめた。

「じゃ、一緒に寝ようか」と言うと、頬を濡らした涼夏が、小さくうなずいた。僕らは、二階に上がっていく。まだ、風雨は激しい……。


♪

ベッドで目を覚ますと、朝の7時半だった。

もう低気圧は過ぎ去り、風雨はおさまっていた。カーテンごしに、淡い明るさ……。すでに、薄陽がさしているようだ。

ふと気づけば、店のドアを誰かがノックしている。僕は、ベッドで体を起こす。となりで寝ている涼夏を起こさないように、そっとベッドを出た。一階におりる。店のドアを開けた。

シナボンがいた。少し眠そうな顔。うっすらとした無精ヒゲ。

「その様子は、もしかして朝帰りか？　ナツキの家から……」僕が訊くと、シナボンは無言でうなずいた。頭をかき、

「もしかしなくても、そうなんだ」と言った。

21　ビーフカレー3500円って、おかしくないか？

「そうか……」と僕。店の隅にある冷蔵庫から、ミネラルウオーターを2本出す。1本をシナボンに渡した。シナボンは、それをごくりと飲む。ふっと息をついた。

「どうした、訊いてこないのか？」

「訊く？……何を？」と言い、僕もミネラルウオーターに口をつけた。店のミニ・コンポのスイッチを入れた。S《スティーヴィー》・ワンダーが低く流れはじめる。

「その、昨夜はどうだったとか……普通は、訊くだろう」とシナボン。僕は、苦笑い。

「そんな尋問《じんもん》する必要はないさ」と僕。「お前、しゃべりたいって顔してるからな」と言った。今度はシナボンが苦笑い……。

♪

「ナッキ、やっぱり落ち込んでてさ」とシナボン。

「ああ、船から上がったとき、泣いてたんじゃないか？」と僕。シナボンがかすかにうなずいた。

「家に帰っても、まだ涙を流してて……。でも、すごい雨が降りはじめただろう。そしたら、大忙しだよ」

「大忙し？」

「あいつの家、雨漏りがするんだ。それもあちこちから……。で、それをポリバケツ5、6個でうけるんだ。おれも手伝って……。もう泣いてる暇なんかないのさ」とシナボン。僕は、うなずいた。あの子の家のくたびれた様子を思い出していた。

「かなり時間をかけて、それがなんとか一段落したら、晩飯時でさ、あいつが作り置きのカレーを出してくれたよ」

「カレー……どんな……」

「なんと、タコが入ったカレー。あいつは、恥ずかしそうにして出してくれたけど、すごく美味かった。タコのぶつ切りをかなり煮込んであるらしくて、タコの出汁が出ててさ。素朴なんだけど美味かった……」

シナボンは、しみじみとつぶやいた。そして、何か考えている……。


♪


「あれは、去年の秋だったかな……。美由紀と彼女の親父さんと一緒にゴルフに行ったんだ。午前中に9ホール回って、昼は、クラブハウスのレストランでビーフカレーを食ったよ」

とシナボンは一息。

「そのビーフカレー、3500円だった……」と言い、しばらく無言。

「美由紀の親父さんは内科の開業医だし、医院は繁盛してるらしいから、当たり前の顔で伝票にサインしてた。おれも、そのときは何とも思わなかった。でも、よく考えてみたら、どうって事のないビーフカレーが3500円って、おかしくないか？」

と言った。僕は、肩をすくめた。ゴルフ場など、別の世界だ。

「昨日、ナツキが作った素朴なタコカレーを食ってて、しみじみと思った。これが、まっとうな暮らしなんじゃないかって……」

「じゃ、3500円のビーフカレーは？」

「まあ、ただキンピカな生活だよ。それになんの疑問を感じない人間がいるのもわかる……。で、おれも、そうなりかけてた訳なんだが……」とシナボン。少し苦い表情になってつぶやいた。


♪


「で、きのうだけど、そのあとは？」

「あの横殴りのどしゃ降りじゃ、帰るわけにもいかないし、ナツキといろいろ話をしたよ。……あいつのとこ、テレビがないんだ」

「ない？　テレビが？」

「あるんだけど、1年前から壊れてるらしい。そのかわり、あの子、本をよく読んでるらしく、文庫本がかなりあったな」

「ほう……」

「やはり、海や釣りに関係する本が多くてさ、おれが読んだのもかなりあって、その話を夜中過ぎまでしてたよ」

「へえ……。本の話を、飽きずに?」

「ああ、退屈なんかじゃなかったな。でも、2時過ぎになると、ナツキは眠くなったらしく、部屋の隅に畳んであるフトンにもたれて寝はじめた……」

「で、お前は?」

「台所に、親父さんが飲んでたらしいサントリーの角瓶が残っててさ、それをロックでちびちびやりながら、そこにある本をめくりはじめた。そこで……」

とシナボンは言葉を切った。

「そこにあった本は、ヘミングウェイの『老人と海』なんだけど、その文庫のあるページがガビガビでさ……」

「ガビガビ?」

「ああ、わりと新しい文庫本なんだけど、その中の3、4ページがやたらに波打ってるんだ」

「そこは?」

「老人のサンチャゴが釣り上げたでかいカジキが、サメたちに喰いちぎられる場面だ……。もしやと思ってたら、ちょうど寝てたナツキが薄目を開けたんだ」とシナボン。

「で、訊いてみた。ここのページがガビガビなんだけど、もしかしてこれは涙で？……そう訊いたよ。そしたら、あの子、薄目を開けたまま、〈せっかく釣ったカジキをサメに食べられちゃうお爺ちゃんが可哀想で、そこを読むと必ず泣いちゃうから……〉とつぶやいたんだ」とシナボン。そして、

「やっぱり、涙でページがガビガビに波打ってたんだ……」そのときを思い出すような表情で言った。

「……いい子だな……」僕が言うと、シナボンはうなずいた。そして、

「まいった……」と、またつぶやいた。

「で、彼女は？」

「その後、また目を閉じて眠りはじめたよ。さっきおれが家を出てきたときは、まだ眠ってた」

彼女の家を出たシナボンは、ゆっくりと早朝の砂浜を歩いてこの店まできたという。

「なんか、不思議な気分だぜ……。女の子と一晩過ごして、何もなかったって初めてかもしれない……」

「それは、間違いなく本当の恋ってやつかもな」と僕は言った。

シナボンは、無言で手にしているミネラルウオーターのボトルを見つめている。

窓から入る淡い陽射しが、手にしたボトルに光っている。S・ワンダーが歌う〈For Once In My Life《フォー・ワンス・イン・マイ・ライフ》〉が、店にゆったりと流れている……。


♪


やばい!

上を見上げた僕は、とっさに涼夏の体を引き寄せた。とたん、何かが落ちてきた。

午前9時過ぎだった。涼夏、僕、シナボンの3人で簡単な朝飯をすませた。家に帰ってひと眠りするというシナボンを、二人して店の外で見送った。昨夜の風雨が嘘のように、快晴になっている。僕は、そんな青空を見上げた。

その瞬間だった。うちの二階から何か落ちてきた。僕は、とっさにそばにいた涼夏の体を引き寄せたのだ。

その10秒後、

「壁かよ……」と僕はつぶやいた。

そばに落ちてきたのは、二階の壁の一部だった。

うちの建物は、よくいえばウッディー。正確に言えば、古い板張りの木造家屋だ。楽器店なので、外壁の板は明るいブルーに塗ってある。その板の一枚が落ちてきたのだ。

50センチ四方ぐらいの薄い板だった。

昨夜の強風ではがれかけ、それが落ちてきたらしい。僕は、その板きれを拾い上げた。

僕が涼夏の体を引き寄せなかったら、当たっていたかもしれない。やばかった……。


♪


「これか……」と匠《たくみ》。その板切れを手にとって、「安物の杉板だな」と言った。

板がはがれ落ちてから1時間。木材を扱うプロである匠を呼んだのだ。

匠は、板がはがれ落ちてきた建物を眺め、

「こんなバラック、いっそ壊して建て替えたらどうだ」と言ってくれた。

「バラックで悪かったな」と僕は匠に言い返した。今日は土曜なので、匠の孫娘、久美も一緒だ。

「お爺ちゃん、ダメだよ。この家を壊したら涼夏が住むところがなくなっちゃう」と久美が匠に言った。匠は、思わず苦笑い……。

そんなやりとりをしていた僕は、1台の車に気づいた。

店の前のバス通り。そこにグレーの4ドアセダンが停まっていた。

地味な国産車。サイドウインドはスモークになっていて中は見えない。

ふと思い出す。1時間以上前のこと、朝飯を食ったシナボンを送り出した、そのときにも、この車が停まっていたような気がした。確かではないが……。

「しょうがないな。なんか板切れを探してきてやるよ」と匠。

そんなやりとりをしていると、セダンはゆっくりと発進して視界から消えた。なんだろう……。

♪

「2《ツー》！ 3《スリー》！ 4《フォー》！」

ドラムスの陽一郎が、スティックを鳴らしながらカウントする。

唯のキーボードをはじめ、全員で〈マンハッタン・リバー〉のイントロに入る。

C……C_7……F……D_m。２小節のイントロが流れ、唯がゆったりと歌いはじめた。横須賀の〈シーガル・スタジオ〉。僕らのバンドと唯で、簡単なテスト録音をはじめたところだった。

唯本人がいるので、陽一郎もベースの武史も少し緊張している。けれど、僕らもそこそこ経験を積んできたバンドだ。誰も音をはずす事はない。〈マンハッタン・リバー〉が、スタジオに流れていく……。

♪

「こんなところかな……」と陽一郎が言った。テンポを聴くためにかけていたヘッドフォンをはずした。

3時間後だ。〈テンポ65〉で3テイク、〈テンポ85〉で3テイクを録《と》った。テスト録音だから、こんなものでいいだろう。僕は、肩にかけていたテレキャスターをおろした。そのときだった。

「あの……」とベースの武史。唯に歩み寄る。

「実は、２歳上の兄貴が、昔から唯ちゃんのファンで、ぜひサインをもらってきてくれって……」と、少しきまり悪そうな表情で言った。1枚のCDを取り出した。

それは、唯がアイドルだった15歳の頃に出したものだった。唯はかすかに苦笑。

「これはこれで懐かしいわね……」と言った。武史が渡したサインペンでサインをはじめた。

♪

遅い午後の横須賀港。

米軍のイージス艦、グレーの巨大な船体が、ゆっくりと動いていた。これから着岸するらしい。

僕と唯は、港を見渡すテラスにいた。昔からある海に面したショッピング・モール。その5階にあるテラス。港を渡る海風が吹き抜けていく……。

「4カ月ほど前に、ニューヨークに行ったの」

ぽつりと唯が口を開いた。

「ジュリアード音楽院に通ってた頃の親友が結婚するんで、その式に呼ばれて……」

と言った。明子《あきこ》というその親友は、いま25歳。父親は日本の自動車メーカーのニューヨーク支店長。

娘の明子は16歳からニューヨークに住み、20歳から24歳までジュリアードでピアノの勉強をしていたらしい。結婚した相手は、アメリカ人の音楽プロデューサーだという。

「同じ日本人って事もあって、わたしと彼女はとても仲良しだったわ」と唯。「で、その結婚式では、わたしと新婦の明子がピアノの連弾をしたの」と言った。

その後、式はなごやかな雰囲気になったという。

「わたしは、明子の両親と同じテーブルだったんだけど、同じテーブルに日本人の夫婦がいたの」と唯。新婦のお父さんが、その夫婦を紹介してくれたという。

「日本の商社のニューヨーク支店長で、名前は牧野という……」

と唯。缶コーヒーを飲んでいた僕の手が止まった。

22　涼夏は、歌っているんじゃなくて

「そして、新婦のお父さんが、〈牧野さんの身内にも音楽関係の方がいるんだよね……〉って言ったの。お互い日本企業の支店長同士だから、かなり仲がいいみたいだった」

「で？……」

「その牧野さんは、〈え、ええ……兄がプロのギタリストだったんだけど、去年、亡くなって〉と答えたわ。それで、わかったの。彼はあの牧野道雄《みちお》さんの弟だと……。そして、涼夏ちゃんのお父さんだと……」

「それで？」

「わたしは自己紹介したわ。自分が十代の頃にアイドル歌手だったとき、ＣＤの録音でギターを弾いてくれたのが牧野道雄さんだと。……牧野さんが亡くなったと知ったので、

葉山のお店も訪ねた……その事を話したの」と唯。

「彼は、さすがに驚いた顔をしてたわ……」

「そりゃそうだろうな……」と僕。海風が、僕らのTシャツを揺らせて過ぎる……。

「で、さらに話したの。娘さんが葉山で暮らしてますよね、と……」

「そしたら？」

「彼と奥さんは小さくうなずいて、あの子は眼に障害があるから、こっちに連れて来られなくて、葉山にいる甥《おい》の哲也君に面倒をみてもらっててね……と言ったわ。でも、明らかにその話はしたくなさそうだった。避けたい事みたいだったわ……」

「わかるよ……」と僕。


♪


カモメが2羽、風に漂っている。

「まだちゃんと聞いたことがなかったけど、涼夏ちゃんの眼が悪いのは、何が原因で？　もし良かったら……」

と唯。10秒ほど考え、僕はうなずいた。別に秘密にしておく必要もない。缶コーヒーをひと口。「あれは、涼夏が中二の夏だった……」と話しはじめた。

♪

その夏休みも、涼夏は葉山で過ごしていた。

活発なサッカー少女だった涼夏は、午後から一色海岸で僕と一緒にサッカーの練習をしようと約束していた。

けれど、急に前線が接近してきて、雲行きが怪しくなった。あたりに雷鳴が響きはじめた。

そして、運悪く、涼夏のすぐ近くの砂浜に上げてあったヨットのマストに突然の落雷。

その閃光を眼に受けてしまった涼夏の視神経は、強烈なダメージをうけた。

救急搬送した病院の医師は、最悪、失明の可能性もあると言った。

……そんな出来事を僕は、かいつまんで話した。さらに、

「もし、おれが5分早く、約束した一色海岸に着いていれば……あの事故は防げたかもしれない……」と言った。

「……その事に責任を感じているの？」

「当然、感じてる。それもあって、あの子を守ってやらなきゃとも思ってるよ」と僕。

唯は、しばらく考えていた。

「あなたらしい……」とつぶやいた。「一見、自由奔放なギター青年だけど、人として何が大切かを知っている……」

「まあ、それはどうかな……」かなり照れて、僕はつぶやいた。また缶コーヒーをひと口……。

♪

「落雷のあと、3日ほどで、涼夏の眼はぼんやりと見えるようになったが、視力はとんでもなく落ちてしまった」

「とんでもなく？」

「ああ、視力は0・1にもおよばない、強度の弱視だよ、いまも……」と僕。唯はうなずいた。

「あの様子でわかるわ。可哀想に……。運が悪かったのね……」

「確かに……。しかも、その事故の数日後に、涼夏の弟も入れた一家はニューヨークに移り住む予定が決まっていたんだ」

「で、彼女を置いて？」

「ああ、いまのニューヨークにはそういう障害をかかえた子を受け入れる日本人学校がないからと言って……。そして、あの子の家族はニューヨークに発《た》ったよ」

僕は言った。唯は、うなずいた。

「この前の結婚式で、両親が涼夏ちゃんの事には触れられたくなさそうだったのは、そういう事だったのね……」と言った。

僕はうなずき、

「あの頃の涼夏にとって、両親とニューヨークで暮らすのと、おれと葉山で暮らす、そのどっちが幸せかはわからなかったかもしれない。ただ、両親が自分を置き去りにしてニューヨークに移り住んだ、その事実が心を突き刺していない訳はないだろうな」

と僕。唯が、ゆっくりとうなずいた。

「その話を聞いて、わかった。プロデューサーの麻田さんが言ってた事が……」

「彼が何て？」と僕。

「……〈涼夏ちゃんは、歌ってるんじゃなくて、もしかしたら、本当は泣いてるんだよ〉麻田さんはそう言ったわ」

僕はドキリとして、思わず唯の横顔を見た。彼女は、海を見つめている……。

「〈涼夏ちゃんの歌声は、確かに透明で美しいが、あれは、言ってみれば歌声というより泣き声のような気がする。だから、聴いている私の心を揺さぶるんだ〉麻田さんはそうも言ってた……」唯が、静かな声で言った。

僕の腕に鳥肌が立ちかけていた。

これまで涼夏の歌声に感じていたのは、そういう事だったのか……。あの子の歌声を聴くと胸がしめつけられるようになるのは、そういう事だったのか……。

僕は、唇を嚙み、黄昏の横須賀港を見つめた。

鳥肌が立った腕を、涼しくなってきた海風が撫《な》でていく……。

通りがかりのアメリカ兵が口ずさんでいる〈The Dock of The Bay《ザ・ドック・オブ・ザ・ベイ》〉が、黄昏の風に漂っていく……。


♪

そいつは、金の匂いがする男だった。

その男が店に入ってきたのは、午後2時だった。レス・ポールの修理をしていた僕は、顔を上げた。

およそ楽器店には似合わない、恰幅《かっぷく》のいい中年男が入ってきたところだった。

一見して上質とわかるサマー・ジャケット、白いポロシャツ。かなり腹が出てきているので、ジャケットのボタンはかけていない。

顔の色つやがよく、ムラなく陽灼けしている。けれど、野外で仕事をしている人の陽灼けではない。彼は、並んでいる楽器は無視。

「牧野哲也君でいいのかな?」と僕に言った。訊くというより、確かめるという感じだった。

「どうやら、そうらしいが、人の名前を訊くときは、まず自分が名のるのが筋じゃないか?」と僕。彼は一瞬とまどった表情。けれど、すぐに自信ありげな態度を取り戻す。

「私は、富岡《とみおか》。富岡美由紀の父と言えば、わかるかな?」

と言った。確かに3秒でわかった。

シナボンが話していた〈350円のビーフカレーを気にせずに食う親父〉だ。ムラのない陽灼けはゴルフによるもの……。僕はかすかにうなずく。

「娘の美由紀が、君の友人である品田君とおつき合いしてるのは、知っているよね？」とビーフカレー親父。

「聞いた事はあるかな？」と僕。

「はぐらかさないでもいいよ。君の事も、美由紀から聞いているし」と彼。「その事で、ちょっと話をしたいんだが、時間をくれないか？」と言った。押しが強い。

「見ての通り、仕事中なんで」と僕。「大事な話なんだ」とビーフカレー。引き下がりそうもない。

僕は肩をすくめた。「ほんの10分なら」と言った。逆に、何か面白いネタを引き出せるかもしれない。

店を涼夏にまかせて、外に出た。

シルバーグレーのレクサスが停まっていた。フルサイズの最高級モデル。〈金ならあるぞ〉と表現するための車だ。運転席にいた若い男が、おりてきてリアシートのドアを開けた。ビーフカレーと僕は乗り込む。

「端的に言おう」とビーフカレー。腕のロレックスをちらりと見て言った。〈私は忙しい人間だ〉と表現しているらしい。

♪

葉山マリーナ1階のカフェだ。

「美由紀と品田君のつき合いは、とてもうまくいってると思っていた。ところが、このところ、品田君がどうも美由紀と距離を置いているようだ……。その辺の事情を君なら知ってるんじゃないか？」

僕は、彼の突き出た腹を見ていた。内科医院の院長と聞いている。自分自身のコレステロール値は気にならないのだろうか……。

「美由紀と距離を置いてるばかりではなく、品田君は最近、ある娘と親しくしているようだ」

と彼。僕は、おやっと思った。なぜ、その事を知っているのか……。

「ついこの前も、品田君は、小沢というその娘の家に泊まったらしいが……」

と彼が言った。そうか……。僕は胸の中でうなずいた。どうやら、調査会社、昔で言えば興信所を使ったらしい。

この前、シナボンがナツキの家から朝帰りしたとき、うちの前に停まっていた地味な車の事を思い出していた。あれは、調査会社の張り込みだったらしい。

「へえ、そうなんだ……」と僕はとぼけた。

それにしても、娘の色恋沙汰《いろこいざた》に親父がそこまでするとは……。

「もしそういう事情なら、本人同士で話し合えばいいんじゃないのか？」と言った。

「それはそうなんだが、親としても心配でね。品田君は医師としての前途がある青年だ。まして、留学をひかえてる大事な時期だし……」とビーフカレー。

「留学？」

「聞いてないのか？　品田君が、9月からドイツに留学する事になってるのを」彼が言った。

23　9月になれば君は

「さあ、聞いてないなあ……」と僕。少し驚いていたが、顔には出さない。あくまで、とぼける……。そこで会話は、行き止まり……。ビーフカレーは、また腕のロレックスを見た。

「どうやら、時間の無駄だったようだな」と言い立ち上がった。

♪

「美由紀の親父が？」とシナボン。アジフライにのばしかけた箸を止めた。

夜の7時。うちの二階のダイニングだ。皆で、陽一郎の船が獲ってきたアジをフライにして食べていた。

「ああ、さぐりを入れに来たぜ」と僕。ビールをひと口。そのときのやりとりを話しはじめた。みんな、飲み食いしながら聞いている。

やがて、僕は、ビーフカレー親父とのやりとりをざっと話し終わった。

「調査会社まで使ってかよ……」と陽一郎。「たとえ娘が心配だったとしても、やり過ぎじゃないか、その親父」と言った。そのとき、

「だが、そんな事が起きるだろうとは少し予想してた」とシナボン。「美由紀は、のほほんとした金持ち娘だが、あの親父はちょっとな……」と言った。

「ちょっとメタボ?」と僕。苦笑いしながら言った。

「それもそうだが、あの親父さんには、それなりの計画というか、思惑があるみたいでな」とシナボンが言った。

「思惑?」と陽一郎。ビールを片手に訊いた。

シナボンは、アジフライをひと口。ぽつりぽつりと話しはじめた。

あの親父がやっている内科医院は、大船《おおふな》にあるという。かなり、はやっているらしい。

「そんなとき、たまたま娘の美由紀がおれとつき合いはじめた……。もちろん、品田外科医院の息子だとすぐにわかったらしい」

とシナボン。涼夏も、アジフライを食べる手を止めて聞いている。

「そこで、美由紀の親父としては、ある計画を考えたらしい。もしかして、品田外科と自分の内科を合わせて総合病院を作れないかと……」

シナボンが言い、陽一郎と僕は、

「なるほど……」とうなずいた。

「うちの品田外科も彼の富岡医院も、評判はいい。だから、それが統合すれば、間違いなく繁盛する病院になるだろう……」とシナボン。

「で、その話は、具体的に進んでるのか？」と陽一郎。

「美由紀の親父さんからうちの親父に、それとなく打診はされているらしい。横須賀と大船の間の逗子《ずし》あたりに病院を設立する計画が……」とシナボン。

「なるほど。そうなると、お前と美由紀とのつき合いも、重要になるわけか……」と僕。

シナボンは、軽く苦笑。

「まあ……それは無いとは言えないだろうな」と、かなり醒めた口調でつぶやく……。

「美由紀の親父さんとしては、調査会社を使うぐらいだから、おれと美由紀のつき合いがどうなってるかを、ひどく気にしてるみたいだな」と言った。ビールに口をつけた。

♪


「で、そのドイツ留学ってのは?」僕はシナボンに訊いた。

「ああ、それか……」とシナボン。「まあ、本当の事なんだけどな」と言った。ビールを飲みながら、

「ドイツのフランクフルトに、その分野に特化した大学病院があって……」と話しはじめた。そこは、外科、整形外科の分野では世界的に知られている病院だという。

「サッカー選手のベッカムも、現役の選手だった頃にかなり重い怪我をして、そこで手術とリハビリをしたという噂なんだ」

ベッカムの名前を聞いて、僕は思わずシナボンを見た。

「あのベッカムが……」とつぶやいた。

「ああ……。それは噂話だが、そういう噂が流れるぐらいレベルの高い大学病院らしい」とシナボン。

「そこに留学を?」と僕。シナボンはうなずいた。

「親父の知り合いの日本人医師がその研究室にいて、1年半ぐらい前にそういう話がわ

き上がったんだ。現実的になったのは8カ月ぐらい前からかな……」

「で、お前さんは乗り気なのか？」と陽一郎。

「まあ、そういうトップレベルの現場を一度は見てみたいってのは、確かにあるよ。ギターを弾くやつだったら、クラプトンがコンサート会場の楽屋で練習してるところをそばで見てみたいだろう。そんな感じかな」

シナボンはそう言って苦笑した。

「それはそれとして、うちの親父にはまた別の考えもあるらしくてね……」

「別の考え？」と陽一郎。

「ああ、ドイツでも一流の大学病院に留学したとなると、医師としていわゆる箔《はく》がつくからな」シナボンは言った。

「なるほど……」と陽一郎。

「で、留学するとなったら何年ぐらい？」涼夏が訊いた。

「とりあえず、2年かな……」

「じゃ、2年後のお前さん、金箔《きんぱく》がついたピカピカのドクターになって帰って来るんだ」陽一郎が言った。シナボンは笑い、

「馬鹿野郎、なんとでも言ってろ」と吐き捨てた。

僕は、ビールのグラスを手に考えていた。

医師としての箔をつけさせるためという親父さん。そして、高いレベルの現場を一度は見てみたいというシナボン。はたして、その二つの思いが一致する事はあるのだろうか……。

「しかし、9月といえばもうすぐじゃないか」と陽一郎。確かに、もう7月の末だ。

「ああ……。8月中に、ナツキの手をなんとかしなくちゃならない」シナボンが言った。


♪


「哲っちゃん！」という声。僕が近所での買い物から店に戻ったところだった。

店には、涼夏の親友であるタマちゃんが一人でいた。

「どうした」と僕。タマちゃんはあせった顔で説明しはじめた。

さっきまで、涼夏とタマちゃんは、店でワッフルを食べながら、しゃべっていた。そのとき、あのスコアが隅にあったという。

唯の〈マンハッタン・リバー〉のスコアだ。

「涼夏が、これってどんな歌詞っていうから、わたしそれを見たんだ」とタマちゃん。スコアの歌詞は、かなり小さな字で書かれている。いまの涼夏には、読めないだろう。

「で、わたし、その英語の歌詞を読んで、日本語に訳したんだ。そしたら……」

「そしたら？」

「しばらくしたら、涼夏、なんか暗い表情になっていって……ふいに、お店を出て行っちゃったんだ、なんか泣きそうな顔をして……」とタマちゃん。

「それって、いつ？」

「3分ぐらい前かな……」

「わかった。ちょっと店番してて」僕は、タマちゃんに言った。早足で店を出た。

バス通りを渡る。その先には、石段があり、おりると真名瀬の砂浜だ。

予想通り、涼夏はそこにいた。砂浜に座り、両膝をかかえていた。午後の陽が彼女の細い肩に射している。


♪

「情けない……」と涼夏がつぶやいた。

両手で頬をぬぐった。その肩が細かく震えている。どうやら泣いてる……。

「情けない?」となりに座った僕が訊いた。

「だって……唯さんの歌詞は、孤独や希望がテーマで、あんなに大人っぽくて奥深いのに、わたしの歌詞ったら……」と涼夏。鼻をグスッといわせた。

「……もし恋がワッフルだったら、ひとくちかじってみたいかな、とか……あんまりかじると、すぐなくなっちゃうよね、どうしよう、とか……ガキっぽ過ぎて恥ずかしい……情けない……」とつぶやいた。僕は、その肩をそっと抱いた……。


♪


「あのワッフルの歌詞……悪くない?」と涼夏が訊き返した。僕は、うなずいた。

「あれはあれで、悪くないと思うよ。可愛くて……。でも、あれは涼夏じゃないほかの女の子でも、書けるかもしれないな」と言った。

小さな波が、砂浜に寄せては、引いていく……。その波を見つめ、

「そっか……」と涼夏がつぶやいた。頬の涙をぬぐった。

「もし涼夏らしい歌詞が書けたら、涼夏じゃなきゃ書けないようなものが出来たら、そ

れを見たいな。上手いとか下手とか考えなくていいからさ……」僕は言った。

10分ほどして、彼女がうなずいた。水平線を見つめ、

「哲っちゃん、ありがとう……。いつも優しいね……」とつぶやく。そして、「やってみようかな……ダメもとで……」と言った。


♪


その20分後。

僕らは、コロッケパンをかじっていた。さっき、僕が旭屋《あさひや》で買ってきたものだ。それを食べながら、

「間違っても、コロッケパンの歌は書かないわ」と涼夏。笑顔を見せて言った。僕も笑い声を上げ、

「確かに。ワッフルのつぎがコロッケパンじゃな……」と言った。

食べ終わってぼんやりと海を見ている涼夏の唇の端には、コロッケの小さな破片がついている。

このときの僕は、予想していなかった。涼夏が、まさかあんな歌詞を書いてくるとは

……。頭上からはカモメの鳴き声が聞こえていた。

♪


「リハビリ、なんとかならんかなぁ……」とシナボン。歩きながら言った。

昼過ぎ。僕らは、葉山町内にあるスーパーに向かっていた。その駐車場で、いま流行りのキッチン・カーが店開きしているのだ。

午後の3時頃には、タコ漁を終えたナツキが、リハビリに来るという。そこで、シナボンが〈なんとかならんかなぁ〉とつぶやいたのだ。すると、

「もしかしたら、なんとかなるかも？」と陽一郎が言った。

「なんとかなる？」とシナボン。

「ああ……漁に詳しい弟の昭次にさっき聞いたんだが、手釣りでは2本の指が大事なんだとさ」と陽一郎。

「2本の指？」

「そう、人差し指と中指、その2本の指で当たりをとるらしい。けど、ナツキはまだ中指のリハビリしかしてないよな」と陽一郎。

確かに、いままでやっていたのは、中指でウクレレの1弦を押さえるリハビリだった。

それで、一番簡単にCのコードを弾けるから……。

「そうか……。じゃ、つぎは中指だけじゃなく、人差し指でも同時に弦を押さえる練習をすればいいわけか」

とシナボン。陽一郎がうなずいた。僕らは、ふと足を止め、

「Fコード！」と同時に言った。

24　心は揺れて

ウクレレでは、2本の指だけでFのコードを弾く事が出来る。人差し指で2弦を押さえ、中指で4弦を押さえる。押さえる2カ所は、とても近い。

「そうか……Fを弾く練習をナツキにさせればいいんだ……」とシナボン。僕と陽一郎はうなずき、

「そういうこと」と言った。

僕らは、キッチン・カーの前まで来ていた。ホットドッグと、ハワイ風フリフリチキンの2つのキッチン・カーが並んで営業している。

シナボンが、ホットドッグの方を見ている。すると陽一郎が、

「お前、ドイツに行ったら、ソーセージなんていくらでも食えるだろう」と言った。確

かに、ドイツはソーセージの本場と言われている。

「まあ、それもそうか……」とシナボンがつぶやき、僕らは、フリフリチキンの青いキッチン・カーに……。


♪


ウクレレの丸い音が、海の上に漂っていた。

午後3時過ぎ。僕らは、陽一郎の昭栄丸に乗って海に出ていた。

楽器店でウクレレの練習をすると、どうしてもナツキが緊張してしまうようだ。そこで、船の上で練習をする事にしたのだ。

葉山一色の沖、約200メートル。水深15メートルぐらいのところに昭栄丸を止めた。白ギス釣りのポイントでもある。

シナボンは、ナツキにウクレレを教えはじめた。人差し指と中指で、2カ所を押さえ、Fのコードを弾く。それを教えはじめた。

僕、陽一郎、そして涼夏は、今夜の天プラのために、のんびりと白ギス釣りをはじめていた。

眩しい夏の陽射しが、海面にパチパチとはじけていた。真っ白な積乱雲が、青い空に盛り上がっている。

もう学校は夏休み。なので、子供を乗せて貸しボートで釣りをやっている父親もいる。

しばらくすると、

「また、エサとられちゃったぜ」と陽一郎がぼやいた。

僕も涼夏も、もう5匹ほどの白ギスを釣っている。けれど、陽一郎はまだ1匹も釣れていない。

「お前さ、やっぱり漁師には向いてないよ」僕は言った。

「そうかもな……」と陽一郎が苦笑いしてつぶやいた。

そのときだった。携帯の着信音。シナボンが、ウクレレの練習をストップしてスマートフォンをポケットから出した。

「はい、品田ですが……」と話しはじめた。

「……留学のためのビザですか……。もうドイツ大使館に申請はしてあると思いますが……」

と話している。

どうやらドイツ留学に関する連絡らしい。ビザの申請の事らしく、通話はかなり長引いている。

ナツキは、ウクレレを手に、通話しているシナボンをじっと見ている……。

♪

翌週。プロデューサーの麻田から連絡がきた。

「うちを辞めていった横井だが、なんとあの〈ZOO〉に入ったらしい」

「ライバル会社の〈ZOO〉に？」僕はスマートフォンを持ちなおした。

「そういう事だ。まあ、よくある話だけどな」と麻田。

「という事は？　情報は、向こうにつつ抜け？」

「ああ……。たとえば、唯ちゃんの〈マンハッタン・リバー〉、あの楽曲については、向こうにつつ抜けだろうな」

「そうか……」僕は、つぶやいた。

「こちらも、唯ちゃんのライバルになると思われるマッキーが、ロックっぽい楽曲でくるだろうという情報はつかんでるわけだが……」と麻田。

「情報戦？」

「まあ、そんなところかな……」と麻田。その声は落ち着いている。

「で、唯ちゃんの〈マンハッタン・リバー〉のテンポは決まったかな？」

ついこの前、テンポを変えて横須賀のスタジオでテスト録音した。その事を僕は話した。

「なるほど……。じゃ、どのテンポでいくか、唯ちゃんとじっくりミーティングして決めてくれ」と麻田が言った。

「了解」


♪


午後の2時過ぎだった。店のドアが開いた。

「やあ」と言い入ってきたのは、あのトクさん。鐙摺で釣り船をやっているオジサンだ。

もう、足の怪我は良くなったらしく普通に歩いている。

その手に、ビニール袋を持っている。ビニール袋に入っているのは、どうやらタコらしい。

「これはナツキから……。いつもより多く獲れたから、食べてくれと……」とトクさん。僕は、うなずいた。それはそれとして、なぜ彼女本人が持って来ないのだろう。僕や涼夏が、ちょっと不審な表情をしていると、

「ナツキのやつ、さっき船を岸壁にぶつけてね。いま、その修理をしてるとこなんだ」とトクさん。

「ぶつけた？」と僕。港に帰ってきたナツキは、船を着岸させるとき、岸壁に軽くぶつけた。いま、その修理をしているという。

「へえ……」と僕。ナツキは、操船がすごく上手なのに……。

♪

「実は、ナツキのやつ、この数日、様子がおかしいんだ」トクさんが言った。

「おかしい……」僕は、訊き返した。

「ああ、何をやっても上の空って感じでさ……。それで、船をぶつけたりしたらしい……。何か心配ごとがあるのかなぁ……」とトクさん。うなずきながら、

「まあ、注意しててやるけどさ」と言った。

トクさんは、ビニール袋のタコを僕に渡す。そして、店の中を眺めた。並べてあるフェンダー・テレキャスターをちらりと見た。メキシコ製の中古なので、6万8000円のプライスカードをつけてある。

「テレキャスも、最近は手頃な値段になったんだな……」とつぶやいた。

僕は、少し驚いた。ジャージの上下に〈魚群《ぎょぐん》サンダル〉と呼ばれているゴムゾウリの一種を履いている、いかにも釣り船屋のオヤジという感じのトクさん。

その口から、テレキャスなどという言葉が出たからだ。

「もしかして、ギターを弾くとか？」僕は思わず訊いた。

「いやまあ……若い頃、ちょっとだけね」トクさんは、苦笑いしながら言った。片手を振り店を出ていった……。

♪

真夏の陽が、ナツキの肩に射していた。

午後の岸壁。彼女は、船の傷の修理をしていた。といっても、たいした傷ではない。岸壁にこすって、船べりがほんの少し削れている。そこに、ＦＲＰの補修剤を塗っていた。

彼女は、僕を見ると淡く微笑した。この子はいつもそうなのだけど、ちょっと恥ずかしそうに微笑する。

そこには、人に慣れていない野生動物のような雰囲気があった。たとえば、成長しきっていない鹿のような……。

作業をしているナツキの顔は、汗でびっしょりと濡れている。そばに置いた錆だらけのラジカセからは、いつものビートルズが低く流れている。

♪

「やっぱり、ドイツに留学するんだ……」

とナツキ。作業の手を止めてつぶやいた。その表情は、かなり硬かった。

僕が、シナボンが留学する事を話したところだった。

やはり、シナボンが留学すると小耳にはさんで、気持ちが動揺しているようだ。それで、船をぶつけたりしたらしい。

「あいつの留学は、だいぶ前から予定されてたらしい。けど、あいつ自身の決心は、どうかな……」僕は言った。ナツキが僕を見た。

「決心が……？」

「ああ……揺れてるような気がする」

僕は言った。が、それ以上は言わなかった。シナボンの心の中、そしてナツキの胸の中にあるかもしれない恋愛感情については、触れなかった。

二人の関係にそこまで踏み込むのは、おせっかい過ぎる、そんな気がしたからだ。

「……とにかく、一日も早くその指を治して、でかい真鯛を釣る事だな」とだけ言った。

ナツキが、小さく、けれどはっきりとうなずいた。その顔から汗の雫《しずく》が一粒、膝の素肌に落ちて、夏の陽射しに光った。

港を渡ってくる風が、ナツキの前髪を揺らせている……。そばにあるラジカセからは、〈If I Fell《イフ・アイ・フェル》〉が低く流れていた。


♪


その電話がきたのは、夜の8時過ぎだった。

「ギタリストの牧野哲也君だね」と相手。

「初めて連絡するが、私は中野、音楽レーベル〈ZOO〉でプロデューサーをやっている者でね」と相手。中年男の声だった。

「まあ……」

ほう……。僕は、胸の中でつぶやいた。

「突然の電話だが、話を聞いてくれ」と言った。

口先では、〈話を聞いてくれ〉と言っている。が、その裏には〈あの《ZOO》のプロデューサーである私から連絡がきたんだから、当然、話を聞くよな〉というニュアンスがあった。

「それで?」と僕はいちおう答えた。

すでに少しムカついていた。

「間もなくうちのレーベルからデビューを予定している女性シンガーがいてね、その録音に参加してもらうミュージシャンを探してるところなんだ」

「へえ……」と、とりあえず……。

「うちとしても、いろいろと調べたんだが、君にぜひギタリストとして参加して欲しいという事になって、こうして連絡してるんだがね……」と中野というプロデューサー。

押しの強い口調で言った。

「それは光栄な事で……」と僕。

「今回は大きなプロジェクトだし、それなりのギャラも考えてあるよ」とやつ。「君には、３００万のギャラを払う用意がある」と言った。

25　何はなくとも、キャビアとシャンパン

僕は、しばらく黙っていた。すると、

「どうした？　驚いたか？」と中野というプロデューサー。どうやら、誤解している。

「300万と聞いて、びっくりしたのかな？」と言った。その声が、ニヤニヤしている。

「ああ、驚いたね。いまきてる仕事のギャラの、ちょうど半分なんでね」僕は言った。

今度は、相手が無言……。

「半分？……」と中野。「じゃ、600万……」とつぶやいた。

「まあ、そんなところかな」と僕。相手は、またしばらく無言。

「……じゃ、うちも同じぐらい出そう」と言った。「それで、どうだ。文句はないだろう」と、相変わらず押しの強い口調だ。僕は、またムカつく。

「それじゃ……あと、送迎はリムジン。毎日の録音が終わったら、キャビアとシャンパンを用意してくれ。そんなところかな」

と言った。中野は10秒ほど無言……。

「……からかってるのか……」

「ロック・スターのレコーディングなら、何はなくとも、キャビアとシャンパンだろう……。キャビアが用意できないなら、シャンパンだけでもいいけど……」

「……やっぱり、からかってるな」と中野の声が低くなった。そして、

「うち〈ZOO〉を敵に回すと、どうなるのかわかってるのか？」と言った。使い古されたこけ脅《おど》しの文句だ……。

「さて、どうなるのかな？　相手を脅すのもいいが、もう少し気のきいたセリフにしてくれないか」と僕。

中野は、また黙った。振り上げた拳《こぶし》の行き場に困っているらしい……。

「たかがギターがちょっと上手いからといって、大人を馬鹿にするんじゃない」とだけ言った。

「札束で人の横っ面を叩くのが、あんたの言う大人なら、いくらでも馬鹿にしてやるよ。

じゃあな」

僕は通話を切った。

♪

「そりゃ、笑える！」とプロデューサーの麻田。電話の向こうで愉快そうな声を出し、

「中野か……。あいつのやりそうな事だ」と言った。

「顔見知り？」

「同じ業界で仕事をしてるわけだから、もちろん知ってる。確かに、とりあえず金で解決しようとするタイプだ」と麻田。「だが、今回は相手が悪かったな」

「そうかもしれない」僕は、ビールのグラスを手に言った。

「しかし、それでわかった事もあるな」

「わかった事？」

「ああ……。〈ZOO〉としては、金で君を引っこ抜いて、唯ちゃんの録音に決定的なダメージを与えようとした。それだけ、今回はかなり必死なんだ」

「必死？」

「そう。あの〈デベソのマッキー〉こと竹田真希子というシンガーソングライターを売り出すのに、かなり力を入れてるって事だろうな。うまく当たったらドル箱になると考えてる」

「なるほど、だから札束でおれの横っ面を叩こうとした」

「そういう事。もし君が金で転ぶようなミュージシャンだったら、唯ちゃんの録音は座礁しかねないからね」

「デベソは嫌いじゃないが、300万程度で転ぶ気はないな……」

「そうだろうな。しかし、あちらさんとしては、唯ちゃんをすごくマークしてる。マッキーのライバルとしてね。そこでこちらとしては、まずあの〈マンハッタン・リバー〉をどんなアレンジにするか……。そこを、考えてくれ」

「了解」


♪


ポロンと丸いウクレレの音が、海風に運ばれていく。

午後3時。真名瀬港の岸壁。ナツキのリハビリをやっているところだった。

ナツキは、岸壁に腰かけてウクレレの練習をしている。となりにいるシナボンが、それにアドバイスをしている。

僕と涼夏は、彼らのすぐ近くで釣り竿を握っていた。僕は、そうしながらもナツキのリハビリを眺めていた。

シナボンは、熱心にFコードの弾き方を教えている。ナツキも、真剣な表情でウクレレのフレットを押さえようとしている。

けれど、なかなか上手くいかないようだ。人差し指、中指、その両方でウクレレの弦を押さえようとしている。けれど、なかなか上手くFのコードは弾けないようだ……。

やがて、僕は釣り竿を置く。立ち上がり、陽一郎の家に歩いていく。


♪


岸壁から50メートルほどのところに陽一郎の家はある。

入ると板の間に陽一郎がいた。何か漁の道具を手入れしている。

「上がるぜ」と僕。勝手知ったる他人《ひと》の家だ。一階の奥、台所の冷蔵庫を開ける。缶チューハイを3缶とり出した。それを持って岸壁に戻る。

「ほら」と言い、1缶をシナボンに渡した。そして、もう1缶をナツキに差し出した。

彼女が少しは飲めるのは、聞いていた。彼女にはお母さんがいない。お父さんが晩《ばん》酌《しゃく》で軽く一杯飲むとき、少しだけつき合っていたといつか言っていた。

「暑くてノドが渇いただろう。まあ、一息ついて」と言いながら、僕は冷えた缶チューハイを渡した。

真夏の午後……。陽射しは強い。ナツキの顔にも、汗の雫が光っている。

ちょっと迷って、彼女は缶のプルトップを開けた。ほんのひと口、ふた口……。


♪


「あっ」と涼夏が声を上げた。口を半開き！

彼女が握っている釣り竿が曲がっている。何か、魚がかかったようだ。

「慎重に……」と僕。涼夏は、うなずく。ゆっくりとリールを巻いていく。顔を紅潮させて、一生懸命に巻いていく……。シナボンも、こっちにやってきた。海面を覗き込んだ。やがて、魚がゆっくりと上がってくる……。

「慎重に！」という声。いつの前にか、陽一郎もそばにきている。玉網《タモ》を持っている。

魚が海面に姿を見せた。そのとき、

「フグか……」と陽一郎が言った。確かに、上がってきたのは大きなクサフグ。毒があり食えないやつだ。陽一郎が玉網でフグをすくう。針から外す。

「バイバイ」と言い、海に戻した。

♪

そんなひと騒動が過ぎたときだった。ふと、ウクレレの音。

Fのコードが、聞こえた……。全員が、そっちを見た。ナツキが、ウクレレを手にしている。

「弾けた……」と彼女はつぶやいた。半ば驚いた表情をしている。

♪

風が少し涼しくなってきた。

午後4時半。僕らは岸壁で缶チューハイを飲んでいた。

「そうか、あのチューハイは、そういう狙いだったのか……」とシナボンが僕に言った。

僕は、肩をすくめ、

「まあな……」と言った。ウクレレの練習に苦労していたナツキ。彼女に缶チューハイをすすめた意味がシナボンにもわかったらしい。

楽器のビギナーのほとんどが、当然のように緊張する。ギター、ドラムス、キーボード、みんな同じだろう。

体全体に力が入る。肩に力が入ってりきむ。手先にも、余分な力が入る……。

その緊張をとりのぞくのが、楽器を教えはじめるときの最大のコツともいえる。

かなり極端に言えば、ほとんどの場合、演奏とは力を入れるのではなく力を抜く事だとも言える。

ナツキの場合は、あの缶チューハイのひと口、ふた口が、その緊張をといてくれたらしい。

彼女は、いまも軽くウクレレを弾いている。

さっきまでとはうって変わって、リラックスした表情……。

その二本の指が正確に弦を押さえている。Fのコードが、ちゃんと弾けている。指先全体の感覚がやっと戻ってきたのかもしれない……。

「お前も、ただの楽器屋さんじゃないな」微笑しながらシナボンが僕に言った。

「当然」僕は、冷えた缶チューハイを口に運ぶ。

遅い午後の陽射しが、ナツキが弾いているウクレレのナイロン弦に光っている。Fのコードが、ゆるやかな南西風に運ばれていく……。


♪


「うーむ……」

とシナボン。腕組みをした。2日後。午後5時過ぎ。うちの店だ。

僕とシナボンは、やつが差し入れたフリフリチキンをかじってビールを飲んでいた。

店のミニ・コンポから、唯の〈マンハッタン・リバー〉が流れていた。この前、横須賀のスタジオでテスト録音したものだ。

ゆったりとした〈テンポ65〉、かなりノリのいい〈テンポ85〉、その両方を流していた。

「うーん、わからん……」とシナボン。腕組みをしたまま、つぶやいた。

「FMやYouTube《ユーチューブ》で食いつきがいいのは、テンポの速い〈85〉だろうし、聞き込んでるうちにじんわりと心にしみるのはスローな〈65〉だろうし……。どっちでリリースしたらいいのか、正直言ってわからない」

とつぶやいた。僕は、皮がパリッとしたチキンをかじり、

「まあ、いいや。唯本人とじっくり話し合うよ」と言った。ビールをひと口……。

「それはそれとして、ナツキはどうなんだ」と訊いた。

3日前。岸壁でやっていた練習で、ナツキはFのコードを弾けた。人差し指と中指で、ウクレレの弦を押さえる事ができていた。

「となると、またそろそろ鯛釣りにトライしてみるとか？」と僕。彼女の指先は、かなり以前の感覚を取り戻してきたと思える。

「……そうなんだけど……」とシナボン。「ナツキ、まだ自信がないと言うんだ」

26　明日が見えない

「まだ自信がない……」僕はつぶやいた。シナボンが、うなずき、

「あと何回かウクレレのリハビリをやってからでないと、鯛釣りにトライする自信がないって言うんだ」

「なるほど、この前は失敗したし……。そういう事かな？」と僕。

「そうみたいだ……」とシナボン。


♪

「ナツキさん、あんなにちゃんとFのコードを弾けてたのにね……」と涼夏。シナボンが差し入れてくれたチキンの皮をかじった。

シナボンが帰って行った5分後だ。

「確かに……」と僕。しばらく考え、「もしかしたら、別の理由があるのかもしれない」と言った。

「別の？」

「ああ……」と僕。ビールを片手に話しはじめた。

ウクレレでのリハビリが成功して、ナツキの指先の感覚が戻ったら、それは治療が終わった事を意味する。この5月から真夏にかけて二人で取り組んできた治療が完全に終わる……。

「もしかしたら、ナツキにとっては、それが悲しいのかもしれない」と僕。

指先の故障が治るのは、嬉しいだろう。けれど、シナボンと二人でやってきた治療が終わるのは、寂しい、あるいは悲しいのかも……。

「あ、そっか……」と涼夏。チキンをかじっていた手を止めた。しばらくして、

「ナツキさん、もしシナボンが好きなら、告白すればいいのに……」

「……どうかな。あの子が、そんな告白なんかできるような気はしないけどな……」僕は、つぶやいた。涼夏は、ふっとため息……。

「じゃ、リハビリが終わったらそれっきり？……なんか、寂しい……」とつぶやいた。

そして、ふっとため息をついた。


♪


「歌詞を、書いた？」僕は、聞き返していた。

夜の9時過ぎ。僕と涼夏は、一階の屋根にいた。ほんの少し傾斜した屋根に腰かけ、前に広がっている海を眺めていた。低い位置に三日月が出て、その淡い金色が海面に反射していた。

ふと見れば、涼夏はタブレットを手にしている。

「それは？」と訊くと、

「歌詞を、書いてみたんだけど……」と言った。僕は、うなずいた。

「見せてくれるかな？」と訊いた。

「恥ずかしいけど……でも、見てくれる？」と涼夏。タブレットの液晶画面が明るくなった。かなり大きな文字で、歌詞の断片らしいものが並んでいた。

〈夕方の海辺で　またつまずいた
砂浜に　はいつくばって
顔は砂だらけ
心の中まで　ジャリジャリ　砂まみれ

いつまでも　どこまでも　ドジばかり
つまずいてばかりの毎日を
生きていくのが　悲しくて……

明日が見えない　あさっても見えない
もうダメだと　何百回もつぶやいた

でも……そんなとき
助け起こしてくれるのは
いつものあの手

大きくてがっちりとしたあの両手
だから　もう少し
生きていけるのかな……
つまずいても　つまずいても
もう少し生きていけるのかな……〉

そんな数行があった。

僕の胸は、しめつけられそうになっていた。

確かに、眼の悪い涼夏は、しょっちゅうつまずいて転ぶ。砂浜でも、道でも、家の中でも……。僕が気づいたときには、助け起こしているのだけど、その事をここまで赤裸々に綴《つづ》るとは……。

日頃は、精一杯明るく振るまっている涼夏の心の奥に、こんな思いがあった。

〈明日が見えない〉の一行が、ひどく切ない……。

予想できた事ではあるけれど、こうして言葉にされると、あらためて胸にせまってくる……。

「へただよね……歌詞にもなってなくて……」と涼夏が恥ずかしそうにつぶやいた。僕は、

「そんな事ないさ」と言った。確かに、歌詞というにはまだ未完成だ。プロデューサーの麻田に見せる段階ではないだろう……。

けれど、ここには嘘いつわりのない、ヒリヒリとした本音の言葉が並んでいた。

僕は、じっとタブレットの液晶画面をみつめていた。

「よく書いたよ……」とだけ言うと、もう言葉はない……。僕は、涼夏の肩をそっと抱いた。水平線から吹く夜の海風が、少し火照《ほて》った頰をなでた。

近くの砂浜で、小さな花火が上がった。夏が過ぎていく……。

♪

「そうか……いまは大潮だしな」と陽一郎。岸壁に舫った船の上で言った。

あれから、ナツキはウクレレのリハビリを3回ほどやった。そして、いよいよ明日、鯛釣りにトライするという。

確かに明日は大潮。潮が大きく満ち引きする。なので、魚の活性がぐっと上がるのだ。警戒心が強い真鯛などの喰いもよくなる。

しかも、もう8月の後半。予定通りだと、あと2週間たらずでシナボンはドイツに出発する。

残された時間は短い。

「わかった。明日はシラス漁の予定もないから、船を出すよ」陽一郎は言った。

♪

「彼女、かなり緊張してないか?」僕は、シナボンに小声でささやいた。シナボンも、かすかにうなずいた。

午前9時。岸壁で釣りに出る準備をしていた。ナツキは、用意してきた釣り道具を陽一郎の〈昭栄丸〉に積み込んでいる。

やがて、僕らは船に乗り込む。ゆっくりと岸壁から離れていく……。楽器店の店番を頼んだ涼夏とタマちゃんが岸壁で手を振っている。

船が港を出ても、ナツキは無言。じっと前を見ている。

「このあたりかな……」と陽一郎。操船席のGPSと魚探を見ながら、船のスピードを落とした。

♪


葉山沖、約2海里《マイル》。

ナツキも魚探の画面を見る。深さは62メートル。砂地に大きな岩礁が点在している。魚の群れの反応も出ている。

ナツキがうなずき、陽一郎が船のクラッチを中立《ニュートラル》にした。船は、海面に止まる……。

もうナツキは釣りの仕掛けを海に入れていた。オキアミを餌にしたテンヤ仕掛けが、スルスルと海に沈んでいく……。


♪


15分後。ナツキが、素早く釣り糸をたぐりはじめた。何か、かかったようだ……。

僕もシナボンも、彼女の動作を見つめた。その表情は冷静で、

「小さい、鯛じゃないわ」と言った。3分後。上がってきたのは、ウマヅラハギだった。

彼女は、また仕掛けを海に入れた。

午前中は、そんな展開だった。釣れるのは、ウマヅラ、フグ、ベラなどなど……。本命の鯛ではない。

♪

午後2時半。

「あと15分で、潮が止まるな……」と陽一郎がつぶやいた。それまでの上げ潮が止まる。すると、魚の活性は下がり喰わなくなる。それまで、あと15分……。眩しい陽射しだけが、凪いだ海面に照り返している。

「それにしても暑いな……」シナボンがつぶやいたときだった。

僕と陽一郎は、ナツキの表情を見た。あきらかに、これまでと違う彼女の表情……。

左手の人差し指と中指で、釣り糸を保持している。

その横顔に、緊張が走っている。指先に全神経を集中しているらしい。海底で何かが、起きている……。

その4秒後。ナツキの手がひらめいた！

♪


ナツキの左手は、名人が百人一首の札をはたくようにひらめいた。

左手の指が、釣り糸を握りしめている。

その手が、細かく震えている。魚がかかって、海底で暴れはじめたらしい。

ナツキは、右手の指でも釣り糸を握る。両手をつかって、たぐりはじめた。

といっても、一気にたぐれはしない。両手がぶるぶると震えている。かなり大きな魚がかかった……。

5メートル釣り糸をたぐっては、1、2メートル引き出される。そんな展開が続きはじめた……。

ナツキの全身には、汗が噴《ふ》き出ている。ときどきそばにあるタオルで素早く手の汗を拭く。

ゆっくりと、だが確実に釣り糸をたぐっていく……。陽一郎、僕、そしてシナボンは、息を呑んでそれを見つめていた。

ナツキの横顔は、精悍《せいかん》であり、同時に、生活をかけた必死さが感じられた。

シナボンが一瞬彼女に手を貸そうとした。が、僕と陽一郎がそれをとどめた。これは、ナツキ自身の闘いなのだ。結果がどうであれ、彼女自身の闘いなのだ……。

27　迷ったときは海を見に……

やがて、半分ぐらい釣り糸がたぐられただろうか……。

魚は、30メートルほど上がってきている。ナツキが、ふと肩で息をついた。

その瞬間だった。魚が下に突っ込んだ！　ナツキの体は、前に引き倒された。

両手で釣り糸をにぎったまま、ナツキの体は引き倒され、額が船べりに当たった。

「大丈夫か⁉」と僕ら。

ナツキは、両手で釣り糸を握ったまま、うなずいた。

途中まで上がってきた魚が、ふいに暴れる。よく〈鯛の三段引き〉などと言われる反撃だ。

ナツキは、体を起こした。その額には、血がにじんでいる。シナボンが、タオルでその血を拭いてやる。

ナツキは、また釣り糸をたぐりはじめた。いま暴れたことで、魚の勢いが落ちたようだ。彼女は、また釣り糸を、一定のペースでたぐる……。

やがて……、「見えた！」と陽一郎。もう玉網を手にしている。

僕やシナボンも海面を覗き込む。海面下2メートルほどに魚影……。でかい。

ナツキが、さらに糸をたぐる。魚は、海面のすぐ下。

陽一郎がもう玉網を海に入れていた。力を込めて、魚をすくった。玉網の柄がしなり、魚が船に上がった。

真鯛だった。船上で歓声が爆発した。

その5秒後だった。

「あ⁉」というシナボンの声。ナツキが、倒れていた。

♪

シナボンが、ナツキに駆け寄る。その上半身を抱き起こした。

ナツキは、荒い息をしながら、それでも体を起こした。体力を限界まで使い切ったのだろう……。

陽一郎が船のキャビンから救急箱を出した。シナボンは、ナツキの額に出来た擦り傷を消毒し、ガーゼを当てた。

ナツキは、ゆっくりと立ち上がった。自分が釣り上げた真鯛を見下ろした。

桜色に藍《あい》を散らした魚体は、美しく品格が漂っている。

「4キロはあるな。めったにお目にかからないサイズだ」と陽一郎がつぶやいた。

ナツキは、かすかにうなずく。じっと真鯛を見下ろしている……。

その瞳には、一種の達成感と喜びが感じられた。と同時に、何か、一抹の寂しさのような色が漂っていた、

左手の故障は、ほぼ完治したと思える。しかし、それは、シナボンとの共同作業が終わる事を意味するのだから……。

みな、無言でナツキが釣り上げた真鯛を見下ろしていた。8月がラストスパートにかかろうとしていた。

♪

C_7……F……。

限りなく繊細な音が、店に流れていた。

午後1時過ぎ。僕は、あのギターを膝にのせて弾いていた。匠が精魂込めて特別に製作してくれた〈ミチオ・モデル〉のギターだ。

それをアンプにつなぎ、コードを弾いていた。

前には、楽譜《スコア》がある。涼夏が書いた歌詞。それを、スコアの用紙に写したものだ。まだ、歌詞の断片だけれど、それに簡単なコードをつけてみようとしていた。

そのときだった。店のドアが開いて、唯が入ってきた。

♪

唯から電話がきたのは、つい1時間ほど前だった。

「ちょっと海が見たくて……行ってもいい？」と彼女。僕は、もちろんと答えた。

そしていま、唯はやってきた。店を見回し、

「涼夏ちゃんは？」と訊いた。

「ちょっと病院まで」と僕。月に1回、涼夏は横浜の総合病院に行く。視力の検査のた

めに……。今日は土曜なので、病院には親友のタマちゃんに付き添ってもらっている。

そんな事情を話していると、唯は僕の前にあるスコアに気づいた。

「新曲？」と彼女。僕は、うなずく。「涼夏が書いた歌詞なんだ」と言った。

「へえ、涼夏ちゃんが……」と唯。僕のとなりに立つ。なんとなくそのスコアを、眺めている……。

やがて……彼女が息を呑んだのがわかった。


♪


1時間後。

さざ波が、スロー・バラードのようなテンポで砂浜を洗っていた。頭上では、チイチイというカモメの鳴き声が聞こえている。うちの前の砂浜。僕と唯は、午後の海を眺めていた。

唯は、目を細め水平線を見つめていた。しばらく無言……。

「海を見たいっていうのは、もしかして何かに迷ってるときかな？」と僕はあえて訊いた。唯が、小さくうなずいた。

「例の、〈マンハッタン・リバー〉のテンポの事で、正直言って迷いがあって……」

「オリジナルのスローなやつと、アップテンポのか……」

「そう……。曲をリリースしてすぐうけるのは、やはりアップテンポの方だろうし……」

と唯。「その事で、正直、気持ちが揺れてたの……」とつぶやいた。

彼女は、しばらく水平線を見ている。一度足元の砂浜に視線を落とし、ゆっくりと顔を上げた。

「でも……もう、迷いが消えたみたい……」とつぶやいた。


♪


「涼夏の歌詞が？」僕は訊き返した。唯は、うなずいた。

「たまたま見てしまったんだけど、彼女が書いたあの歌詞……ひどくショックだった……」

「ショック……」訊くと、またうなずいた。

「あんなに自分の事をさらけ出せるなんて……。彼女、ありったけの勇気を振り絞ったのかな……」

「勇気……」

「そう、勇気としか言いようがないもの……」

「確かに、そうかもしれない」僕はつぶやいた。眼に障害をかかえた自分の悲しみを、赤裸々に綴っているのだから……。

唯は目を細めたまま、海を見ている。やがて、

「そんな彼女の勇気に背中を押されたみたい」と言った。

「背中を押された……」と僕。唯は、はっきりとうなずいた。

「16歳の彼女でさえ、あんな勇気を出せる。その事に、背中をど突かれたわ」少し苦笑いしながら、唯ははっきりと言った。

「〈ど突かれた〉か……」と僕も苦笑い。

「そう、まさに、そう」と唯。

♪

「ああ、哲也君。そろそろ連絡がくる頃だと思ってたよ」

とプロデューサーの麻田。快活な声が、スマートフォンから響いた。僕は、いま唯と一緒にいる事を伝えた。

「そうか。ちょうどいま、私は湘南にいてね」

「湘南？」

「ああ。午前中、あるミュージシャンのMVを鵠沼《くげぬま》海岸で撮影したんだ。それに立ち会ってたんだが、さっき終わり、いま七里ヶ浜《しちりがはま》にいるよ」

と麻田。僕らと彼は、七里ヶ浜で会う事にした。

♪

午後3時過ぎ。僕は、七里ヶ浜の広い駐車場に車を入れた。昼間の陽射しが翳《かげ》りはじめ、観光客たちの車はかなり減っている。

海に面した駐車スペースに、僕はワンボックスカーを駐めた。唯と一緒に車をおりる。

見下ろす海には、肩《ショルダー》ほどの波が立っている。サーファーたちがちらほらと波待ちをしている。

僕は、スマートフォンで麻田にかけた。そして、いま駐車した場所を伝えた。

その3分後だった。

「やあ」という声。1人のサーファーが歩いてきた。O'Neill《オニール》のウエットスーツを身につけた背の高いサーファーが、タオルで髪を拭きながら近づいてくる。ウエットスーツ姿なので、胸と腕についている筋肉がよくわかる。

それは、麻田だった。

♪

「そんなに驚かなくてもいいんじゃないか?」と麻田。濡れた髪を拭きながら、苦笑した。

確かに僕も唯も、呆気《あっけ》にとられていた。日頃はダークスーツにネクタイという麻田を見てきたせいだろう。いまは、もちろん眼鏡もかけていない。やがて、

「私は、ここ七里ヶ浜で生まれ育ったんだ」と彼は言った。

「へえ……」と僕。

「子供の頃から波乗りはやってるよ。東京の大学に進んでも、週末はここの実家に戻ってきてたよ」と麻田。

「今日は、午前中たまたま鵠沼海岸で撮影があったんで、ひさびさ波に乗ってみたんだ」と言った。

知り合いらしい中年のサーファーが、麻田に手を振り歩いていく……。麻田も手を振り返している。


♪


「で……例の〈マンハッタン・リバー〉の件なんですけど……」

と唯が口を開いた。麻田が、僕らを見た。そして、

「本来の〈テンポ65〉でいくんだね」と確認するように言った。

「どうしてそれが？」と僕。麻田は微笑し、

「君たちのその目をみれば、わかるさ。何かを決心した、いわば、腹をくった……そういう目をしてるよ」と言った。

28　めざすゴールは、あの水平線より遠い

「〈ショービズ〉って言葉があるだろう？」と麻田が水平線を眺めて言った。

僕らは、七里ヶ浜の海を見渡す防波堤に腰かけていた。

ショービズ……。僕は、胸の中でつぶやいた。その〈ビズ〉が、〈ビジネス〉の俗語であるのは、誰でも知っているだろう。

「音楽を世の中に送り出す仕事も、そんなショービズの一種とされてるわけだが、個人的には〈ショービズ〉って言葉が好きになれなくてね」

と麻田は言った。

「音楽を世の中に送り出せば、もちろんお金が動き、ビジネスになる。……だが、それは結果的にビジネスになるんであって、金稼ぎを目的に音楽をやるのとは微妙に違うと、

個人的には思っているんだ」

と彼。曇った空から、薄陽が射してきた。

「それが理想論だと言われた事は？」と僕。麻田は、はっきりと苦笑し、

「しょっちゅう言われてるよ」と言った。「だが……何の理想もなく仕事をしているほど虚《むな》しい事はないんじゃないかな？」

彼がつぶやき、僕と唯はうなずいた。

♪

少し大きな波がきて、サーファーたちがいっせいに挑んだ。が、誰も乗れなかった。白いボードが一枚宙に舞った。

「だから、今回の〈マンハッタン・リバー〉は、唯ちゃんのオリジナル通り、スロー・バラードでいくべきだと最初から思っていた」と麻田。

「それでも、アップテンポにもトライしたのは？」

「社内の小うるさい連中のためさ。私があまりにワンマンだと思われてもやりにくいからね」と麻田は言った。

「で……〈マンハッタン・リバー〉をスローでリリースした場合の勝算《しょうさん》は？」と僕。

「もちろん、〈デベソのマッキー〉の曲が、最初はリードするだろう。CDセールスでも配信サービスの再生回数でも……」

「それは、気にならない？」

訊くと麻田はうなずいた。

「全く気にならないね。音楽ってのは、半年、1年の勝負じゃない。5年、10年、あるいはもっともっと長い時間をかけて、その評価がされていくものだからね……」と言った。

雲が、はっきりと切れて、夕方の陽が斜めに射してきた。麻田の横顔も、唯の前髪も、僕のTシャツも、夕陽の色に染まっている。

「めざすゴールは、あの水平線より遠いんだ……」

と海を見つめた麻田がつぶやいた。

近くに駐まっている車から、イーグルスの〈The Long Run《ザ・ロング・ラン》〉が低く流れていた。風が涼しくなりはじめていた。

♪


「ナツキが、そっけない？」僕は、シナボンに訊き返した。

「うーん、そうなんだ」とシナボン。サザエの壺焼きを突《つつ》きながらつぶやいた。

夕方の5時過ぎ。僕らは、楽器店の前に七輪を出してサザエを焼いていた。

あと3日で、シナボンはドイツに出発する予定。向こうでは、さすがにサザエの壺焼きはないだろう。そこで、僕らは七輪に火を起こしたのだ。

8月もそろそろ終わろうとしている。海岸通りを歩く海水浴客も、もうほとんどいない。

僕、涼夏、シナボンの3人は店の前でサザエを焼き、僕とシナボンはビールを飲んでいた。

つい10日ほど前、ついにナツキは鯛を釣り上げた。

その後も、シナボンはナツキの漁を手伝おうとした。けれど、

「大丈夫、自分だけでできるからと彼女が言うのさ」

とシナボン。ナツキの言い方が、そっけないのだという。

「……結局、彼女にとって、おれはリハビリをしてくれる人間で、それ以上ではなかったのかなあ……」

とシナボン。ホロ苦い口調で言い、ビールを飲んだ。そろそろ黄昏。夕陽が、水平線に近づいている。真夏に比べると、明らかに日が短くなっている。薄暗くなってきた海岸通り……。七輪の火が、シナボンの横顔を照らしている……。

♪

「何か、訳があるな……」僕は、つぶやいた。涼夏も、うなずいた。

シナボンは、かなりビールを飲んで少しふらつく足取りで帰って行った。僕は、ビールをバーボンに替えて口に運んでいた。

「ナツキさんとシナボン、あんなにいい感じだったのに……おかしいよね」

納得できないという感じで涼夏もつぶやいた……。

♪

それでも、シナボンがドイツに発つ日がやってきた。

夕方に羽田《はねだ》空港を飛び立つ便だという。

「空港に行く前に、お前の店にギターを預けに行くよ」と前日にシナボンからの連絡があった。


♪


「あれ？」と涼夏の声がした。

午後の2時過ぎ。タマちゃんと近所のカフェに行っていた涼夏が帰ってきたところだった。

「店のドアノブに、これが下げてあった……」と涼夏。何か、ビニール袋を持っている。

そのビニール袋の中身を出してみる。タコ焼きだった。発泡スチロールの容器に入っている。まだ温かい……。

容器の蓋にメモがついている。

〈途中で食べてください。いろいろありがとうございました。ナツキ〉

あきらかにシナボンへあてたメモ……。

最初に会ったときに見たぐちゃぐちゃの文字ではなく、しっかりとした字が並んでいる。彼女の指先は、完全に回復したらしい。

そのとき、店の前にタクシーが止まった。シナボンが、おりてきた。ギターケースを持っている。やつが愛用しているテレキャスター69年モデルが入っているケース。

「預けるから、たまに弾いてやってくれ」と言った。僕はうなずき、ケースを受けとった。すると、

「シナボン、これ……」と涼夏。タコ焼きを差し出した。

「店のドアに下がってたんだ」と僕。「出発前にうちの店に寄るとナツキに言ったか？」と訊いた。

「ああ……。きのう、ほんの5分ほどナツキと電話で話したんだ。そのときに話したかもしれない」

とシナボン。僕は、うなずいた。それで、ナツキはタコ焼きをうちのドアに……。

シナボンは、ビニール袋を手にした。ナツキのメモも読む。しばらく無言でうなずいている……。複雑な表情……。やがて、

「じゃ、行くよ」とシナボン。ビニール袋を下げて、タクシーに乗り込んだ。

僕とシナボンは、タクシーのウインドごしにうなずき合った。タクシーは、ゆっくり

と動き出す……。

♪

「5分か……」僕はつぶやいた。シナボンが乗ったタクシーを見送ったところだった。

さっき、シナボンが言っていた。〈きのう、ほんの5分ほどナツキと電話で話したんだ〉と……。

あしたドイツに発つ、その前日なのにたった5分の電話……。いくらなんでも、そっけなさ過ぎる……。何があったんだろう……。僕が、そんな事を考えているときだった。

そばにいる涼夏が、鼻をピクピクさせ、「あ……」とつぶやいた。

「どうした」と僕。「なんか、タコ焼きの匂い……」と涼夏。

タコ焼き……。ドアにかかっていたタコ焼きは、もうシナボンが持っていった。タクシーで走り去っていったところだ。

「あっちかな……」と涼夏。店の出入口から、左手に歩いていく。そっちで匂いがするらしい。僕も涼夏の後をついていく……。店の建物の角からわきを覗いた涼夏が、

「あ……」と声を出した。僕も角から顔を出した。そこには、ナツキが立っていた。

と言った。

「迷惑……」と僕。少し考え、「何かあったみたいだな。本当の事を教えてくれないか」

「でも、彼の迷惑になるから……」とナツキ。うつむき、小声で言った。

「別に隠れていなくても……」と僕。

♪

ナツキが口を開いたのは、10分ほどたってからだった。

「シナボンの親父の?」僕は訊き返した。

ナツキは、うなずいた。あまり、話したくなさそうなので、半ば無理やり訊きだす。

あの大きな鯛を釣った翌日、一人の男がやってきたという。高級そうな大型車に乗って……。

やつは、シナボンの親父さんの友人だと名乗ったという。そして、大事な話だと切り出したらしい。

話その1は、シナボンのドイツ留学について……。予定されている留学は、シナボンにとって大切なキャリアになると……。

そして、話その2は、ナツキに関する事だった。シナボンにとって、ナツキのリハビリは医者の卵として経験を積むためのもの。それ以上でも以下でもないと……。

「品田君にとって、君はあくまで研究の対象なんだ。そこのところを誤解しないように。〈品田君のお父さんも心配しててね〉と言われたわ」

とナツキ。

「そう言われてみれば、リハビリをはじめるとき、その事を〈リハビリの新たな可能性〉というレポートにするって言われたのを思い出して……」とつぶやいた。

僕は、うなずいた。確かにそんな事もあった。

「〈だから、リハビリが終わったら、君と品田君の関係も当然のように終わる。そのところを、自覚しておいて欲しい〉って言われたの」とナツキ。

「……それで、君はシナボンと、あえて距離をとった……」

と僕。ナツキは、渋々という感じでうなずいた。

「〈品田君が君に好意的なのは、単にリハビリのレポートを書くためだ。そこを誤解しないで欲しい〉と、念を押されたわ」とナツキ。

「その親父さんの友人って、陽灼けしたデブじゃないか？」と僕。彼女がうなずいた。

「彼のお父さんと同じように、医院をやってるって……」と言った。

僕は、大きく息を吸う……。

間違いない。そいつは、〈3500円のビーフカレー〉、美由紀の親父、富岡に間違いない。ナツキの純朴さにつけ込んで、そんな話を……。


♪


「わけは後で話すから、急げ！」

僕はナツキの腕をつかんだ。店のわきに駐めてある車に小走り！

「どうするの？」と涼夏。

「羽田空港まで飛ばす」僕は車のドアを開け、みんな乗り込んだ。

このまま、シナボンを出発させるわけにいかない。

僕は、車のエンジンをかけようとした。けれど、スターターが、キュルキュルと間抜けな音をたてた。もう一度。また、キュルキュルという音。エンジンが、かからない。

キュルキュルキュル……。ダメだ。バカ野郎、僕は車のステアリングを叩いた。涼夏もナツキも、心配そうな顔……。さて、どうする。

そのときだった。すぐ前にある真名瀬の港。陽一郎の〈昭栄丸〉が岸壁に舫われている。陽一郎が船の上にいるのが見えた。

僕は車のドアを開けた。「おりて！」涼夏とナツキに叫んだ。

♪

「どうしたんだ！　血相変えて」と陽一郎。

「わけはゆっくり話すから船を出してくれ！」僕は言った。ナツキと一緒に船の舫いロープをほどいた。陽一郎がギアを入れ、船は岸壁から離れる。

「で、行き先はどこだ」と陽一郎。港を出たところで言った。

「東京湾の羽田。1時間じゃ無理かな？」と僕。

「何をほざいてる。無理なわけないだろう」と陽一郎。口をとがらせた。

この〈第七昭栄丸〉は、つい最近エンジン交換をした。ボルボ・ディーゼルの450馬力に載せ替えたのだ。陽一郎が、そのエンジンを思い切り回したいのはわかっていた。

そこで、少し挑発してみたのだ。

「まあ、見てろ」と陽一郎。不敵《ふてき》な笑みを浮かべ、船のアクセルにあたるガバナーをぐいと押し込んだ。船は、尻を蹴られたように加速しはじめる。海の上に速度制限はない。


♪


30ノットのスピードで昭栄丸はかっ飛んでいく。

たまたま海はベタ凪だ。あっというまに佐島《さじま》を過ぎる。油壺《あぶらつぼ》の沖をかわしていく……。

行く手に、城ヶ島《じょうがしま》が見えてきた。三浦半島の先端、城ヶ島。

陽一郎が舵を左に切った。船は、城ヶ島を廻り込む。東京湾の入口、浦賀水道《うらがすいどう》に入った。

そんな船上で、僕はナツキに話す。彼女のところにやってきた美由紀の親父、〈3500円のビーフカレー〉について説明しはじめた。

(エンジン音がうるさいので、かなり大きな声で……)

富岡というあのデブ親父、その娘の美由紀が、最近までシナボンとつき合っていた事。

富岡は、内科の医院を経営している。そして、シナボンの親父と組んで新しく総合病院を作る目論見《もくろみ》がある事。

「それがあって、自分の娘とシナボンとのつき合いを重要視してるのさ」と僕。「調査会社まで使って、シナボンと君の関係を探ったりしたよ。早い話、あの親父の計画にとって君の存在は邪魔《じやま》なのさ」ナツキは、かなり驚いた表情。

「つまり、そのデブ親父が言った事は、君とシナボンの間を裂くためのたわごとなんだ」

僕は言った。

船は、浦賀水道をかっ飛ばして東京湾に入ろうとしていた……。間に合うか……。

29　愛は、機内持ち込み禁止

「ちょっと舵を持っててくれないか」と陽一郎。ナツキに言った。そしてコンパスを見た。

「針路NW《ノー・ウエスト》で、よろしく」とつけ加えた。

NWは、北西を意味する。船は、観音崎《かんのんざき》をかわして東京湾を北上していた。

ナツキが、うなずいて船の舵をとった。陽一郎は無線機を手にする。

「大江戸丸《おおえどまる》とれるか？」と発信した。ザッという音のあとに、

「こちら大江戸丸、その声は陽《よう》ちゃんか？」と無線機から響いた。

「その通り」と陽一郎。

「どうした、今年の花火大会ならもう終わったぜ」

「そうじゃないが、いまそっちに向かってる。お前の栈橋につけたいんだ」

「ああ、いいよ。いま栈橋で客をおろしたところだ」と相手。

僕は思い出していた。去年の夏、陽一郎のこの船で東京湾の花火大会を見にきた。そのときも、〈大江戸丸〉という釣り船の栈橋に昭栄丸をつけた。

その栈橋は多摩川《たまがわ》の河口にあり、羽田空港は近い。大江戸丸の船長も若く、陽一郎と仲がいいらしかった。

「あとどのぐらいで着くんだ?」と大江戸丸。陽一郎は船のGPSをちらりと見た。

「あと20分だな。栈橋につけたら、車を出してくれないか」

「車?」

「ああ、乗せてる客が急ぎで羽田空港に行くんだ」

「わかった」と大江戸丸。交信は終わった。陽一郎は、舵を替わると船のスピードをさらに上げた。


♪

左舷側に横浜の街が見えている。みなとみらいの高層ビルが、遅い午後の陽を浴びている。

そのときだった。

「本牧《ほんもく》沖を航行中の第七昭栄丸」と無線が鳴った。陽一郎が、ちらりと海上を見る。右舷側にグレーの船体。

「保安庁《ほあんちょう》か……」とつぶやく。

「貴船は、航行禁止海域を通過しているが……」と海上《かいじょう》保安庁からの無線。

確かに、昭栄丸はかなり岸寄りを走っている。目的地へショートカットするコースなんだろう……。陽一郎は、舵を握ったまま片手で無線をとる。

「こちら昭栄丸。操業中に怪我人が出て、緊急搬送中《きんきゅうはんそうちゅう》。よろしく」と送信した。

数秒……。「了解」と保安庁の無線。半ば渋々という感じだった。陽一郎は、アカンベエと舌を出した。

♪

ジェット機のエンジン音……。離陸した銀色の機体が、夕方の陽を浴びて上昇していく。

もう、羽田空港のすぐ近くまできている。

高速湾岸線《わんがん》の浮島《うきしま》ジャンクションが左舷側に見えた。その先は、多摩川の広い河口だ。

陽一郎が舵を左に切る。船は多摩川に入っていく。

3分後。右手に栈橋が見えてきた。多摩川に突き出したコンクリートの栈橋。大江戸丸の栈橋だ。その上で若い男が片手を上げてみせた。

昭栄丸は栈橋に接岸。その男が舫いロープをとってくれた。刈り込んだ短い髪。陽灼けした顔。大江戸丸の船長だ。

「お前、さっき保安庁をコケにしてただろう」と言いながら、ロープを係留柱《ビット》に結ぶ。

「そうか？　急いでたのさ。詳しい話は後だ。空港まで大至急」と陽一郎。僕、涼夏、ナツキは船からおりる。栈橋の近くに停めてあるヴァンに急いだ。もうエンジンはかかっている。

大江戸丸の船長がヴァンのステアリングを握った。アクセルを踏み込んだ。無駄口は叩かない。

♪

「ダメか……」僕は、つぶやいた。

空港の出発ロビーに走り込んだところだった。

これから出発する便名が、ずらりと表示されている。つぎに出発するのは、シンガポール行き。その後にも、ドイツに向かう便はない。

シナボンが乗った便は、もう離陸してしまったらしい。タッチの差だったか……。

「やれやれ……」と僕。

その3秒後だった。

「あ……」とナツキがつぶやいた。

出発ロビーに並んでいる椅子。その1つに、シナボンが座っていた。


♪


となりの椅子には、発泡スチロールの容器。それは、タコ焼きのもの……。

食べている最中だったらしく、容器には、まだタコ焼きが1個残っている。

シナボンは、かなり驚いた表情。使っていた爪楊枝《つまようじ》を容器に置き、立ち上がった。かたわらには、スーツケースもある。

「乗らなかったんだ……」と僕。

「タコ焼きは、機内持ち込み禁止だと言いやがってさ。そんなダサい飛行機、誰が乗るものか」

とシナボン。肩をすくめた。そして、ナツキに視線を送る。二人は、じっと見つめ合った。時が止まったような一瞬……。

やがて、ナツキがシナボンに近づいていく。一歩、二歩、三歩……。

シナボンがうなずき、軽く両手を広げた。その胸に、ナツキが飛び込んだ。

シナボンの両腕が、彼女を抱きしめた。

ナツキの顔が、シナボンの胸に押し当てられている。彼女の肩が、細かく震えている。

どうやら、泣いてるらしい……。

僕は、左手で涼夏の肩をそっと抱く。シナボンたちを見つめていた。

ここにも、あの麻田が言った〈腹をくくったやつ〉が一人いるらしい……。

そんなシナボンとナツキを見たまま、

「……あの二人、幸せになれるのかなあ……」と涼夏が小さくつぶやいた。

僕は、うなずいた。そして、

「もう、幸せになってるさ」と言った。涼夏は、鼻にかかった涙声で、
「そっか、そうだよね……」と言った。
出発ロビーに、シンガポール行きの搭乗案内が流れはじめた。

あとがき

その少女を見かけたのは、午後の4時頃だった。

マウイ島。9月。取材と休暇をかねて、僕は海沿いのコンドミニアムに滞在していた。ある日の午後、僕はコンドミニアムの近くにある砂浜を散歩していた。ひと気のない静かな砂浜。そこに一人の少女が座って、ウクレレを弾いていた。

15歳ぐらいだろうか。ハワイアンと東洋系の血がミックスされているらしく、髪は黒く肌はミルクチョコレートの色だった。

いかにもローカルの子らしく、着ているTシャツは色が褪せ、襟《えり》が伸びている。ビーチサンダルは、スライスしたハムのようにすり減っていた。

手にしているウクレレも、安物のようだった。が、彼女は大切そうにそのウクレレを弾いていた。FとGのコードを練習していた。

砂浜でウクレレを弾いている……。ハワイではよく目にする光景だが、僕の視線はなぜかその子にひきつけられていた。

練習をはじめて間もないのか、まだぎこちないけれど真剣な動作でウクレレを弾いている……。彼女の身なりは貧しかったが、みすぼらしさは全く感じさせなかった。

〈貧しいが、みすぼらしくはない……〉

なぜなら、Tシャツは色褪せていても、その横顔にはまぎれもない輝きがあったからだ。

本気で何かに向かい合っている人間だけが持つ光彩が、その黒い瞳にやどっていた。

あのE・クラプトンが〈Wonderful Tonight《ワンダフル・トゥナイト》〉の中で歌った〈君の瞳に見た光……〉というフレーズを、僕は思い出していた。

マウイ島の、遅い午後の陽射しが、彼女のミルクチョコレート色の頬《ほほ》と、4本の弦に光っていた。ウクレレの柔らかい音が、海風にそっと運ばれていく……。

やがて、僕はまたゆっくりと歩きはじめた。

楽器を演奏することがもたらしてくれる何かについて、そのときの僕はふと考えはじめていた……。

もう20年以上前の事だが、今回の作品を書く、そのスタート地点があの瞬間にあったのかもしれない。

たとえ平凡に見えても、実は限りなく貴重なその光景に……。

この作品は、葉山という海岸町の片隅にある「しおさい楽器店」を舞台にしている。〈音楽が好きな人たちの物語〉というより〈音楽がないと生きていけない人たちの物語〉だ。

『A7』『B♭』と続いたシリーズ3作目が今回の『C』。

ストーリーの柱は、2つある。

〈音楽が人の心を癒《いや》すのはごく自然として、音楽が人の体も癒す事が出来るのか。楽器の演奏によるリハビリテーションが、体のトラブルを治す事が出来るのか……〉

これが物語の1つのテーマになっている。

そして、僕の友人たちが冗談半分に〈葉山系美少女〉と呼ぶ、お洒落《しゃれ》とはほど遠いが、潮っぽく健気《けなげ》なヒロイン。そんな彼女の切なく一途《いちず》な恋が、もう1つの柱になっている。

さらに、天才的ギタリスト哲也と、可愛いイトコ涼夏との微妙な関係。近づいてくる涼夏のミュージシャン・デビュー……。

　生きていく上で、けして失くしてはならないプライドとは。

目の前の損得《そんとく》より大切なものとは……。

そんな、潮風の中で展開する波乱のストーリーに、僕なりの全力をつくしてみた。

この物語が、グラス一杯の爽やかなカクテルのように、あなたの心に沁みてくれたら嬉しい。


　このシリーズは、光文社文庫編集部の園原行貴さんとスタートを切ったあと、園原さんの異動があり、同編集部の藤野哲雄さんがそのバトンをしっかりと引き継いでくれています。

　いずれにしても、シリーズを支えてくれているお二人には深く感謝をします（ここだけの話、お二人ともギターを弾くんです）。

　と……ここで耳よりなお知らせ。このシリーズの次回作で、あのＣＦディレクター流葉爽太郎が登場するかもしれません。楽しみにしていてください。

では、この本を手にしてくれたすべての人にありがとう。次回作で会える時まで少しだけグッドバイです。

海風の中に春を感じる葉山で　喜多嶋隆

★お知らせ

僕の作家キャリアも40年をこえ、出版部数が累計500万部を突破することができました。そんなこともあり、この10年ほど、〈作家になりたい〉〈一生に一冊でも本を出したい〉という方からの相談がきたり、書いた原稿を送られてくることが増えました。

その数があまりに多いので、それぞれに対応できません。が、そのことが気にかかっていました。そんなとき、ある人から〈それなら、文章教室をやってみてもいいのでは〉と言われ、なるほどと思いました。少し考えましたが、ものを書きたい方々のためになるならと思い、ＦＣ会員でなくても、つまり誰でも参加できる〈もの書き講座〉をやってみる決心をしたので、お知らせします。

講座がはじまって約5年になりますが、大手出版社から本が刊行され話題になっている受講生の方もいます。作品コンテストで受賞した方も複数います。

なごやかな雰囲気でやっていますから、気軽にのぞいてみてください。（体験受講もあります）

喜多嶋隆の『もの書き講座』

（主宰）喜多嶋隆ファン・クラブ
（事務局）井上プランニング
（Ｅメール）monoinfo@i-plan.bz
（ＦＡＸ）０４２・３９９・３３７０
（電話）０９０・３０４９・０８６７（担当・井上）

※当然ながら、いただいたお名前、ご住所、メールアドレスなどは他の目的には使用いたしません。

光文社文庫

文庫書下ろし

C《シー》　しおさい楽《がつ》器《き》店《てん》ストーリー

著　者　喜《き》多《た》嶋《じま》隆《たかし》

2022年3月20日　初版1刷発行

発行者　鈴木広和
印　刷　萩原印刷
製　本　ナショナル製本

発行所　株式会社　光文社
〒112-8011　東京都文京区音羽1-16-6
電話　(03)5395-8149　編集部
8116　書籍販売部
8125　業務部

ISBN978-4-334-79319-7　Printed in Japan

組版　萩原印刷

光文社文庫最新刊

独り立ち　吉原裏同心(37)	佐伯泰英
廃墟の白墨《はくぼく》	遠田《とおだ》潤子
暗黒残酷監獄	城戸喜由
C　しおさい楽器店ストーリー	喜多嶋 隆
女殺し屋　新・強請屋稼業	南 英男
駅に泊まろう!　コテージひらふの雪師走	豊田 巧
ペット可。ただし、魔物に限る　ふたたび	松本みさを
人生おろおろ　比呂美の万事ＯＫ	伊藤比呂美